桃花源之謎

秀霖 著

目次

【導讀】凡謎者，以正合、以奇勝，應形於無窮
——談秀霖的《桃花源之謎》

文／既晴

認識秀霖，是在二〇〇四年年底，第三屆「人狼城推理小說獎」的收件期間。

記得那時候壓力很大。第二屆小說獎收件數量，與第一屆篇數一樣，僅止五篇而已。當然，也許可以自我安慰，說「台灣推理俱樂部」只是個網路同好組織，不若出版社擁有編輯、通路資源，有人願意參賽就萬幸了。

不過，當時的我深信，有朝一日，網路的影響力會超越紙本。不管有沒有機會出版，必須先讓小說獎有公信力，有了公信力，未來才可能會有出版社願意提供協助。而公信力，則立基於評審的觀點、作者的能耐，及讀者的理解。其中，我認為最關鍵的，則是作者的能耐。

小說獎的生命，來自作者。作品不出色，光憑評審昧視、讀者盲信，不可能永續經營。更何況，翻譯推理已在台灣累積了數十年的鑑賞歷程，評審決不昧視，讀者更非盲信。因此，在第二屆來稿品質有所提升的前提下，接下來應該努力的方向，是篇數的增加。

篇數增加，代表的是思維、創意多元化的可能。

我在哲儀《人偶輓歌》（二〇一六）的導讀〈幽闇心魔的悄聲吟唱〉中曾經寫到，台灣推理小說系譜，有理解、建構的困境。在出版資源受限的處境下，由評論家所主導的流派師法，造成了格式獨沽本格派、實踐高舉社會派的偏食傾向。然而，這是資訊管道解放、拓寬前的必經之路，幾乎難以迴避，但至少現在有了網路，未來理當有調整、改變的機會。

透過官方網站先期宣傳，加上木馬出版社的協辦，果真發揮了正面效應，第三屆徵文獎收件三個月間的頭兩個月，已超過五篇來稿。不過，我卻提早發現一個問題，那就是部分作品字數不滿一萬五千字，不符徵文辦法。

結果，我臨時下了一個決定：主動寫E-mail，請創作者修稿後，在收件截止日前重新投稿，而非擺在一邊，等到評選的第一階段以「字數不符」刷掉。也許有人會說，這對「詳讀、遵循徵文辦法裡字數限制的創作者」並不公平。沒關係，這是我深思後的個人選擇。總之，我從來都不想以權威、公事公辦的方式來參與台灣推理。

事實上，讓我決定這麼做的作品，正是秀霖的投稿作品〈淒月〉。這是一篇以鄉野怪譚為題材、帶點武俠風格的歷史本格推理，為當時台灣推理所罕見，印象所及，或許只有天地無限的〈風暴本紀〉（一九九四）了。然而，與〈風暴本紀〉穩健、明確的成熟佈局不同，我在〈淒月〉裡讀到了多重逆轉、險招盡出的實驗性佈局。

秀霖將舞台設在一個前不著村、後不著店的「鎮魔客棧」，發生過陰魂害人的傳聞，籠罩在一個詭譎、神秘的氣氛中，重視心理、懸疑描寫，突破了以往歷史推理史料必究、翻案為要的既定框架。我太希望，這樣的作品能被更多人讀到，別因字數不符而被淘汰。

秀霖收了我的E-mail，一個月內就將字數符合的新稿完成，回寄給我，趕上收件截止日。補充一點，截稿日前收到的其餘作品，我都一視同仁，字數不符即去信通知，也都收到了新稿。我的料想沒錯，〈淒月〉最後果真挺進決選，惜未得獎，但引起了評審高度關注。

在〈淒月〉的創作心得裡，秀霖提到學生時代得過文學獎（據《考場現形記》林明進老師的推薦序所言，秀霖是就讀建中二年級時，以主題為開膛手傑克懸案的〈倫敦一八八八〉，獲得第十屆紅樓文學獎小說獎），受到激勵，自此開始參加各種小說獎，還轉戰過散文，但再也無法攻頂，對於參賽失利的結果，也愈來愈「平靜」。原本〈淒月〉已打算當做最後一部小說來寫，終於入圍，「那番鼓舞的力量，讓我內心悸動不已」。

此外，秀霖還在文中提到，〈淒月〉其實是系列第二作，是為了長篇的第一作而寫的練習。這部第一作本想參加「時報百萬推理小說文學獎」，但最後未能完成。這即是多年後，秀霖將長年研究歷史推理之功力徹底發揮、達到歷史推理高峰的《考場現形記》（二〇一二）。

次年，秀霖再以〈鬼鈴魂〉入圍第四屆「人狼城推理小說獎」。令我訝異的是，秀霖並未再次以歷史推理參賽。實務上來說，多次參加同一個徵文獎，選擇一個明確的創作風格，針對自己最擅長、最有把握的路線不斷鑽研，從中焠鍊出屬於自己的與眾不同，勝率較高。但秀霖卻直接將場景挪至現代，簡直認不出出自同一支筆。

細讀之下，才發現秀霖並不是仰賴近似的主題、雷同的包裝，來建立個人辨識度的。他的特色，是著重於架構、佈局的統整。〈鬼鈴魂〉儘管時空不同、敘事手法不同，但秀霖活用多重視點，伏線千里、首尾呼應，令人大開眼界。他還新創了一個無厘頭、專講冷笑話的學生偵探廖凱昊。

隔年，秀霖再以〈第九種結局〉三度打進第五屆「人狼城推理小說獎」。這次更超乎想像，秀霖一口氣投了三篇，這在以往的「人狼城推理小說獎」前所未見，甚至「自己打自己」，最後〈第九種結局〉以故事的完整度較高而入圍。這次的三篇參賽作，又與前兩屆截然不同，風格轉為社會寫實，至此，稱秀霖為台灣推理作家的「變色龍之最」，絕非過譽。

秀霖連入三屆，創作能量全面爆發，卻皆無法得到首獎，實為遺憾。如前所述，專攻最有利的創作路線，反覆鍛造、磨練，追求卓越，這樣的勝率最高。與秀霖同屆的三位首獎作家，皆是以相同的公式勝出。

這三屆比賽，秀霖從一開始字數過低，到最後一次三篇，簡直如同精密的探針，徹底地檢視了徵文獎的規則、可能，以及先天的局限。然而，秀霖在多層次視角、多重翻轉的創作天賦，需要更多的字數來容納，終究與「短篇推理小說獎」的性質互有不容。

在他三屆共五篇作品中，我個人最激賞〈第九種結局〉。在有限的登場人物中，推導出真相的無窮可能——這種能耐，是邁向長篇創作的必要條件。

其後，秀霖開始投入單行本創作。首先，他將第五屆另一篇參賽作〈整個社會都病了〉改寫擴充為中篇《謊言》（二〇〇九）。此作的特色，是極大化了虛構、真實之間不可判斷的灰色地帶，終於贏得了讀者的高度評價。

很快地，秀霖發表了第一部長篇作品，棒球推理《國球的眼淚》（二〇一〇）。在此作中，他深刻地刻畫出職棒運動在夢想與利益之間撕扯下的悲劇。對於長篇的空間運用，秀霖的功力更上層樓，他僅用恰恰好的字數來書寫詭計、謎團，其餘篇幅全部拿來描寫關鍵角色的心理處境，在本格派與社會派之間取得了巧妙平衡。

接著，回歸歷史推理，秀霖推出「十年磨一劍」的《考場現形記》。我認為，這時的秀霖終於確立了獨一無二的成熟風格——充滿說服力的詳實背景、細膩幽微的心理素描、文化社會議題的探究，以及本格推理的經典元素：不可能犯罪、多重逆轉。

明朝陳淡，〈凄月〉時為秀才，至《考場現形記》是舉人。本作解析了影響中華社會千年的科舉價值觀，竟然在二十一世紀今日仍令人冷汗涔涔，毫無過時的隔閡感。

此外，秀霖更參與了幽默警匪片《甜蜜殺機》（二〇一三）的電影小說改編，新創了奇幻風格強烈的輕推理《陰陽判官生死簿》（二〇一五），還在台灣推理作家協會文論時，做了有別於主流推理的特異嘗試〈一篇Plurk文救排球〉，以及首次公開的全古文推理〈桃源劫〉，「變色龍」的創作習性，一如以往。

秀霖出道至今的長短篇作品，對台灣推理的啟發，即是各種經典元素的多元活用，在創作廣度上無人能出其右。誠然，在當下以成熟度、完整度為評選標準的新人獎，恐怕是無法給予秀霖肯定的。但是，或許也正因為這一連串的落選經歷，使秀霖得以掙脫成敗的束縛，砥礪出「窮則變、變則通、通則無所不達」的強韌續航力，進而拓寬台灣推理的創作疆界。

我長期參與台灣推理創作，也認識了不少創作者。如果要我選出一個「我永遠都不知道他接下來會寫出什麼作品」的台灣推理作家，坦白說，這麼多年下來，這個名額一直沒有換過人，仍非秀霖莫屬。

作者簡介／既晴：推理、恐怖小說家，兼寫推理評論，目前任職於科技業，業餘創作。一九九五年於《推理雜誌》發表短篇推理〈考前計畫〉出道。二〇〇二年，以融合推理與恐怖元素的《請把門鎖好》，獲得第四居皇冠大眾文學獎首獎。其後，創造怪奇偵探張鈞見，陸續發表《別進地下道》、《網路凶鄰》等長篇、短篇集《感應》，拓展恐怖、推理小說的無限可能。非系列作品，有開創臺灣解謎推理新世代的《魔法妄想症》、逆敘述連作集《獻給愛情的犯罪》、寫實恐怖短篇集《病態》。

淒月

本篇小說篇幅雖較為簡短，不過對個人創作生涯來說，卻是頗值得紀念的一部作品。如果有讀過《考場現形記》的讀者朋友，應該對於本篇主角陳淡並不陌生。當初為了創作長篇歷史推理小說《考場現形記》，確實在各方面均作了不少功課，為了謹慎起見，針對當年還不常見的古裝推理，就先以〈淒月〉這部短篇作為實驗。恰好小說完成時，第一次得知有「人狼城推理文學獎（台灣推理作家協會徵文獎前身）」，便投稿參加了第三屆徵文獎，並入圍最後的決選。雖然並未獲得首獎，但能夠入圍決選已是很大的肯定，並對已經有些遲疑是否繼續寫作的自己，給了極大的鼓舞，有了往後繼續創作的動力。

雖然這篇小說屬於實驗性質，不過在人物設定上仍與《考場現形記》有所呼應。故事是「秀才」陳淡前赴「鄉試」途中在「鎮魔客棧」所發生的神秘命案，而在《考場現形記》中陳淡已是「舉人」，所以這篇小說中的陳淡不過還是個十七、八歲的青少年。儘管朝廷之中有著激烈的「東林黨爭」，在福建也有漳州國順「黃民安」的一大勢力不停拉攏各地士人，但不向黃民安靠攏的陳淡，走的卻是另一條更為孤獨的道路。《考場現形記》中的陳淡，在八股取士制度的影響下，不得不與儒家思想時時為伍，但在日常所見所聞中卻又不斷出現衝突。這樣層出不窮的矛盾情景與兒時兄長棄讀的痛苦經驗，讓陳淡個性愈形壓抑、冷淡。不過在〈淒月〉中的陳淡，因為屬於實驗作品，或許也可解釋為年紀與《考場現形記》有所不同，可以看到不同面貌的陳淡。儘管本作因屬於個人第一篇推理小說，劇情與對話多有不成熟之處，但仍是一篇別具意義的作品。如果沒有這部短篇小說的創作，就不會有後來的《考場現形記》，期待往後還有更多陳淡的故事。

人物表

陳淡　福建漳州秀才。
洪揚　廣東廣州商人。
徐瑜　福建泉州商人。
楊于　直隸北京士人。
秦霞　客棧老闆。
何財　客棧店小二，綽號「阿財」。

事有裏表，物有內外，人有骨肉。見表不見裏，其事不明也；察外不察內，其物不實也；觀肉不觀骨，其人不知也。實虛相參，真偽互間，矇朧也。

白日捉槍，易奪也；暗夜避箭，難防矣。瞞日困，欺月易，惑人之所不識，蔽人之所不視，巧也！早戰晚兢，心提膽吊，日無以安，月無以適，遂於平明之時，以為無事。然假以時日，東窗敗跡，必見矣。雖有臥龍之智，鳳雛之識，豈可造壁而無瑕乎？蓋縱欺天下以耳目，終難欺心於己矣。瞞日欺月，巧乎？淒也。

明・陳淡

※※※

寂寥的夜裡，在慘淡月光的照耀下，視野更顯得迷茫。風吹草動，發出陣陣的窸窣聲，彷彿嘲笑般起舞著。

「呼——找到個落腳處。」一座落眼前的，是一間不起眼的客棧，外觀看上去有些破舊，配著一旁凌亂的墳墓，顯得格外陰森。

陳淡深深吸了口氣，和緩一下情緒。抬頭一望，門上的匾額寫著「鎮魔客棧」四個大字。

從小就在「耕讀世家」長大的陳淡，這是第一次的遠門。所謂「耕讀世家」，就是家族有計畫培養一個孩子成為讀書人，以考取功名仕宦為目的。其他家人則全力佃耕農地賺取讀書所需之金，藉此讓家族得以翻身，在當時八股取士下非常盛行。當年，陳淡兄長便是被選中仕宦的人選，後來漸漸發現陳淡聰明過人，才是真正有潛力的人，便忍痛焚毀所有著作，改投佃耕，全力支拄胞弟士宦之途。陳淡對此一直不敢懈怠，深怕辜負了父親與兄長。

「鎮魔客棧？真是怪名？」陳淡疑惑地想著，什麼時代了，還在伏魔。

推開門後，驚訝地發現，客棧內不像外觀那般殘破，而是整齊的擺設與典雅的佈置。後方壁面上，掛著一把鮮紅大弓，宛如守護整間客棧般睥睨群雄，分外顯眼。寬廣的大廳，客人寥寥無幾，朝二樓望去，有四間客房。

「該不會客滿了？」陳淡擔心著。

「客人，您辛苦啦！」店小二慇勤地前來招呼。

這位店小二，是個年輕小伙子，看起來十分滑頭，外表不像個老實人，陳淡從以前就對這種人沒什麼好感。上衣的下半部，可以看出經過雙手無數次擦拭的痕跡，十分噁心。

「您要住宿，還是用膳？」店小二瞇眼笑道。

「嗯，都要。」陳淡答道。

「您真幸運！恰巧只剩一間客房，先隨我登記。」說完咧嘴一笑，領著陳淡到櫃檯。

登記完畢後，陳淡瞄了上幾筆資料：直隸—北京—士—楊于、福建—泉州—商—徐瑜、廣東—廣州—商—洪揚。望向大廳裡正在飲酒狂歡的兩人。依登記簿看來，現在客棧內也不過三位客人，即使把店小二和陳淡算了進去，也不過五人而已，與其說是熱鬧，不如說是那位醉客太過吵鬧之故。

「酒！快來啊，還在磨蹭什麼勁，混小子！」其中一位客人大聲嚷嚷著。眼見這位身穿藍衣的大漢，已作勢要將空瓶砸向店小二。

「是，是，馬上來！」店小二向陳淡露出了帶有歉意的苦笑。「客人，您稍等。」

店小二說完隨即轉入廚房。

這位藍衣莽漢，一看就是老粗，不過衣服質料高貴，但和其氣質相襯之下，只能用滑稽來形容。對飲的這位褐衣男士，相較之下，顯得文溫儒雅，面容清秀，像位讀書人。兩人年齡相差甚遠，藍衣莽漢足以作為另一位的父親。

「我說洪揚老兄，別再喝啦，等會兒又要鬧事就不好啦！」褐衣男子苦勸道。

「混蛋！你這徐瑜小賊，不過是我小小賣家，一無是處。同情才與你生意，別太得意，與我說教，小心把你秘密全說給人聽！」洪揚說完酒瓶便飛了過去。

雖然沒有砸中徐瑜，但明顯看出他壓抑的怒火。

聽見聲響後，店小二出來一探究竟，假誠懇地走向兩人：「什麼事要我幫忙？」

「碰！碰！」

洪揚翻了桌子，盤子、筷子、酒杯散了一地。

「混小子！吵什麼吵！」洪揚刻意提高音調說道。

陳淡猛然想起，這位大脾氣的洪揚，不正是往來廣東、福建的知名商人。然而風評極差，謠傳他以不法勾當謀取暴利。不過是個小型香灰爐商，就算祭祀風氣再怎麼興盛，能賺那麼多錢也確實可疑，謠言恐怕並非空穴來風。

「吵什麼吵！」

一道低沉而穩重的聲音由廚房傳出，不久出現一位老者。這位老者雖然歷經歲月摧殘，面容依舊俊俏，八字白鬍配上披散的白髮，顯得十分威嚴。

「這該是老闆吧？」陳淡打量著。

「師傅——」店小二滿腹委屈投以求救的眼神。

「秦霞老不修，還活著啊！」洪揚不屑道。

「快給我滾，不歡迎惡霸！」秦霞即便發出震天怒吼，洪揚不動也如故，令秦霞更為惱怒。

「滾，快滾！」秦霞邊說邊捉起牆上那把大弓，熟練地搭上白羽箭，作勢要射向洪揚。

洪揚見狀反倒不慌不忙挑釁道：「射，敢便是射啊！憑那破弓，不吃你這套！」

「這——惡混！」秦霞上氣不接下氣，雙手不停顫抖。

「師傅——」店小二見狀後急忙上前攙扶。

「別太過分！」陳淡目睹整個經過，終於按捺不住。

「你誰啊！」洪揚撿起酒杯仍了過去。「臭小子，閉嘴！」

「哎呀！」

酒杯不偏不倚命中陳淡。雖然氣憤，但不過是一介文弱書生又能如何？真是個無妄之災。

「好——好——是我不好，洪大哥跟您賠不是，請別計較！」店小二作揖鞠躬，讓洪揚露出征服的喜悅。

陳淡摸著傷口想著：這什麼世界！難道真有人以辱人為樂？

風波過後，歸於平靜。陳淡坐在離洪、徐最遠的那桌用著晚膳。

「有錢勢大又如何？總有一天——總有一天我定要射殺狂賊！」廚房旁的主房內傳來秦霞憤恨的聲音。

「師傅，別激動！」店小二勸著。

距離那麼遠，應該聽不到秦霞的狠話吧？陳淡瞄向洪、徐，而洪揚一直灌酒，兩人之間沉默不語。一旁的徐瑜，則惡狠狠地盯著洪揚，內心像在盤算著什麼。

「哇！」陳淡嚇了一跳。回頭一看，原來是店小二拍了他一下。

「啊，抱歉抱歉，這是師傅自製跌打傷藥，十分有效！方才讓您受了傷，真過意不去。」店小二笑著。

「不會不會，忍無可忍，可又幫不上忙。」陳淡聳了聳肩膀，心理卻覺得納悶。自從進了客棧，覺得背後不時有雙眼睛盯著似的，令人相當不適。好幾次二樓昏暗的角落，像是出現人影，但又隨即消逝。對此百思不解，還在思考的當兒，卻猛然被拍了一下，才讓陳淡不禁叫了出來。

「過來一同吃嘛，我一人很無趣！」陳淡對著店小二說著。雖然店小二那獻殷勤的第一印象，令人十分不悅，但經歷剛才那件事後，倒也覺得令人同情。

「若您不嫌棄——」店小二邊說邊坐到陳淡對座。

陳淡露出淺淺一笑：「別客氣！同我說話不必客套，我喜歡直爽。」

經陳淡那麼一說，店小二鬆了一口氣，表情放鬆下來。

「哈哈哈，朋友，我欣賞你。你知道的，幹我這行，都得低聲下氣，即便是千百個不願。」店小二說完瞄向了洪、徐。「喔對，我叫何財，叫我阿財便可！」

阿財坦誠地笑著，不再用「您」稱呼對方。

「在下陳淡，幾日後要參加考試。」

「呵呵，真羨慕，能讀書好，像什麼孔子、孟子的——啊，要考四書對吧！」

「嗯！」陳淡仔細打量阿財，摸不清他是怎樣的人。「其實你讀過吧？」

「哈哈，我用閒暇之餘自修四書，希望有天能科考仕宦。這年頭，弱肉強食，誰不想翻身啊——」阿財搖頭嘆道。

每個人都有自己的故事，有的故事，可以說與人知，有的則不能；更有甚者，即便說了也不會有人了解。世上太多事物，不能只由一個角度切入，原因背後總有原因。但若是如此，像洪揚那種惡商也有不得已的苦衷嗎？真有善惡之分嗎？想著想著，陳淡嘆了口氣。

「唉——」阿財也跟著嘆了氣。「我自小便是孤兒，也不知在哪出生，流浪數年，要不是年初師傅收留我，現在不知身在何處。」

陳淡並沒有仔細聆聽阿財的述說，只是凝視著牆上大弓。

「喔，那弓可就小有來頭！」阿財興奮地說著。「知道為何此處叫做『鎮魔客棧』？」

見到陳淡微微搖頭，但雙眼變得更為有神，阿財開口說道：「那弓名為『鎮魔弓』，相傳為『熾暮道人』所有。幾十年前，此地甚為蠻荒，入夜之時，總有不少鬼怪。但這路卻是要道。若運氣不好，恰巧路經此地——」阿財指了一下門邊。「就成了那堆墳內亡魂！在白天，總會發現被害屍首，沒人認領的，都埋在那了。」

停頓了一會兒，阿財繼續說道：「『熾暮道人』得知此事，開始紮住於此，想與惡魔一鬥。勸誘眾人，妖魔消滅前，萬萬不可闖入。但還是有不信邪的人，貿然來此，都慘遭不幸。道長相當沉痛，決定在此長駐以守護百姓。一段時日後，道長表示已掌握妖魔行蹤。每月初七之夜妖獸總會出沒害人，所以道長苦勸民眾這夜千萬不要闖入。後來不少人也說他們曾親眼見過道長與妖獸鬥法。由於初七之月看來半滿非滿，帶有悽涼之感，又『七』與『淒』同音之故，久而久之，皆稱此妖『淒月』。在道長庇護下總算相安無事，不久傳為美談。有人因受道長救命之恩，決定在此建造客棧以嘉惠更多過客。官府為了獎勵，還特賜『鎮魔客棧』匾額。」

聽阿財這麼一說，陳淡回想起入門時所看到的情景。

「但說來諷刺，這客棧建造者——」阿財遲疑了一下。「便是洪揚！誰知竟變得如此跋扈囂張！不過當時有位捕快持著不同看法，認為這恐是陰謀，反開始著手調查。說也奇怪，調查之後

『淒月』銷聲匿跡。有人開始懷疑果真虛造，但更多感念道長的人都相信真有其事。」

阿財說到口渴，拿起茶杯小啜一口，繼續以佩服的口吻說道：「師傅可有親眼見過『淒月』！當年他以副補快身分在此調查，某次七夜『淒月』最後一次現身。不幸地，熾暮道人與補快在此役中皆不幸罹難；隨後趕到的師傅，面對負傷『淒月』反撲，一下就被擊倒，然於千均之際，拿起了道長的『鎮魔弓』，搭上白翎羽。剎那間，『淒月』慘叫響徹雲霄。不久化為一陣煙霧，消失無蹤。別看師傅這般，當年可是百步穿楊。不僅如此，有次我偷瞄到他在房內數著大箱白銀，不知從何而來，其實他應當是個富豪吧！」

阿財突然轉為戲謔口吻笑道：「也許你不信？那夜激鬥，可有目擊者，那便是洪揚。我蠻納悶，師傅與洪揚方才雖然爭得面紅，其實他們早已熟識。照方才那場面，外人必覺得他們有著深仇。雖然師傅不願述說洪揚往事，可我這數月觀察，感覺他們感情不錯！至於徐瑜，算是個客氣人，每次光臨總會帶給師傅一大包香灰作為見面禮，雖他總被洪揚咬得死死。」

陳淡陷入沉思，總覺得阿財有些不對勁之處。

阿財皺著眉說道：「更納悶的，總在有客人時，就如今日這般，像是定期演出的戲班子，頗為惱人！平時沒人時鬧鬧便罷，卻愛挑有其他客人在時，老把客人嚇走。被鬧的人，都不願再來，除了那位客人。」

阿財指向二樓最角落的房間，表情變得有些凝重。

「喔——」陳淡這時若有所悟，發出了頓悟的感嘆。

「啊，什麼？」阿財側耳前傾。

「沒什麼。」陳淡這下總算明白之前出現的人影。

「唉，難道經過今日不快，淡兄以後不光顧啦。」阿財說著說著笑了起來。

「怎會呢！」陳淡說完後兩人相視而笑。

不知道過了多久，當他們準備歸房時，發現洪揚醉倒在桌，令人意外的是徐瑜竟也倒了。

「真是怪了，方才徐瑜沒喝多少，而且臉也不紅，竟然醉了。」陳淡小聲地說著。「不過也是有人喝酒不臉紅，方才顧著聊天也沒看仔細。」

「啊，這倒是反常，平日總是我與徐瑜一同把洪揚抬到房內。今日倒是麻煩！」阿財苦惱著。

「沒問題，今日就我跟你！」陳淡爽快回應，兩人便從洪揚開始抬起。

洪揚與徐瑜分別住在客棧二樓中間的兩間房間。整個客棧分為兩層樓，一樓有廚房與兩間小房，分別為阿財與秦霞所住。二樓則是四間客房，由左而右分別為陳淡、洪揚、徐瑜所住。

「最後一間應是楊于！」陳淡從先前看到的登記簿推敲著。

與阿財合力抬了一段路程後，陳淡氣喘如牛：「呼呼——好重。」

「我已習慣啦！」阿財得意地笑著。

看著洪揚，真難讓人將這慈祥的睡臉，與之前嘴臉聯想在一起。

費了一番工夫後，接著輪到徐瑜，倒比洪揚輕了許多。外表看來，與陳淡年齡相差不遠，非常平靜，若非還有呼吸，還可真像個死人。

抬著抬著，阿財突然慌忙地喊著：「等等，慢著！」。

「啊——」兩人同時發出驚嘆聲。

「啪！」

一切已然太遲，徐瑜腰上的玉佩勾到樓梯扶手掉落一樓，破成兩半。

「糟了——」陳淡愧疚地說道，卻因一時緊張，抓住徐瑜的雙手不小心滑了一下。

「啊啊啊啊——」兩人驚叫道。

說時遲，那時快，阿財機敏地抓住徐瑜，不然徐瑜可就要順著樓梯摔了下去。

「不是發呆的時候，快啊！」阿財急忙喊著，眼看就快撐不住。

「喔——」陳淡這才回神似地回身幫忙，要是鬧出人命可就吃不完兜著走。

再看看徐瑜，什麼事也沒發生般地繼續昏睡。

「醉酒真的如此也不醒？」陳淡自嘲般地苦笑著。「唉，看來真闖禍了。」

將徐瑜安置後，兩人下樓一探究竟。

「唉唉，淡兄，這可糟了，就我平日觀察，這玉佩似乎對徐瑜有著深遠意義，常看他觀玩得出神。」

「唉呀，真糟——」陳淡低頭嘆了口氣。明天該如何解釋，讓陳淡懊惱不已。

「算啦！淡兄，這事交給我，快去歇息吧。」阿財安慰道。

陳淡拿著「兩片」玉佩，腳步沉重走回房間。

「別懊惱！」阿財拍著陳淡又是一次安慰。

「這是——」陳淡看到門旁有著一幅畫。

「這便是『熾暮道人』，別怕，會祐你的！」阿財戲謔地笑道。「對了！半夜門口若有怪影千萬別開！把門鎖好！傳說『淒月』陰魂，在七夜之時總來作怪，而今夜便是七夜！」

「那、那兩醉客如何是好？房間只能從裡面鎖門，那樣他們不就危險！」陳淡挑眉回應著。什麼時代！上古時代姑且相信，現在哪唬得了人，陳淡想來總覺得有些可笑。

「嗯，所以他們沒救了，反正他們不信！而且每月七夜一定會來買賣香爐。對了，酒瘋鬧劇也在每月七夜固定上演，以後煩請按時觀看！」

阿財的話語，真讓陳淡想不透，剛剛還說相信這個傳說，現在卻又那麼輕浮，真是個反反覆覆的人。

「別怕，每個房間牆上都有數支『淒月矢』，就是當年射殺『淒月』的羽箭，可避邪的。」阿財說完露出詭異的一笑，不久便轉身離開。

阿財離去後，陳淡又再仔細端詳牆上的那幅畫。

「咦，這——」

熾暮道人表情看來真是嚇人，下面還有他的傳記，什麼出生地，事件年月日的都有，與之前阿財說的相差不遠。似乎並非虛構人物，但那些驅魔事蹟總不可能也是真的吧？

其文撰道：

熾暮道人，河南洛城人也，其姓字不詳，師承「天師道」者，以斬妖為業，除魔為志，歷千難而不退，劫萬險而不餒；上天下海，出山入林，造福者眾，民無不緬也。

壬戌之秋，入伏牛修業，以紅木為弓，白棲為矢，日日精業，月月進也，甫十載而返，命曰「鎮魔之弓」，以行天道。

方此蠻荒之時，妖魔橫行，白晝伏，暗夜興，出入之間，橫屍遍野。縱惡行暴，荼靈毒生，雖高僧、法士亦無如也。熾暮道者，行善法，施恩德，義薄雲天，正懾危峰，入山除妖……。

「啊——哈啊——啊——」陳淡深深打了個呵欠。

折騰了一整天，真的很累，實在看不太下去了。不過熾暮道人的故事，還可真是太玄了，到底該抱持何種看法，終究還是半信半疑，還是先回房休息算了。

「今日可真混亂！白天趕路甚累，夜晚又如此多事，唉——」陳淡想著。就寢前還是先讀一下書吧！便在書几上讀了起來，然而越讀越恍神。

不知道過了多久，門邊出現黑影。

「不可能吧！」

陳淡並不相信『淒月』的故事。

「誰！」即使陳淡問著，卻也沒人回答，只有「咻！咻！」的風聲。

黑影不斷晃動，越來越劇烈。

陳淡鼓起勇氣，前去觀察。

「千萬別開門——」陳淡想起阿財的叮囑。

陳淡內心不禁毛了起來，手裡緊握著不知何時握住的「淒月矢」，一步步往門邊靠近。貼近門邊，看不出所以然來。食指沾了口水，小心翼翼往門紙鑽去，雙眼貼近一看。

「啊——。」陳淡突然啞口，那是隻炯炯的火眼，大小絕非人類所有。

「啊！」這次又再叫了出來，卻很小聲。原想用手裡的「淒月矢」防身，卻發現自己的食指不見了，並不停汩著鮮血。

「什麼時候，啊！剛剛鑽紙門時——」陳淡不知所措。

突然一隻巨獸破門而入。

「吼！吼！」

巨獸嘶吼著，並露出了沾滿鮮血的獠牙。

「難道其他人——」陳淡還來不及繼續思考，巨獸歘地撲了過來。

「啊——」陳淡全身動彈不得，完全被壓制住。

「吼！吼！」巨獸張開血盆大嘴，嘴裡出現其他人的骸骨。

陳淡在情急之中發現「淒月矢」就在身邊，但卻拿不著，就只差那麼一點。

努力掙扎了一番，陳淡右手抓住「淒月矢」，往巨獸身上猛然一刺，但由於箭身太細，反而在刺到巨獸之時應聲折斷。

「吼！」巨獸直撲陳淡頭部，所有影像越來越模糊。

「啊……」陳淡叫了起來，並從椅上摔了下來，跌坐在地。

「原來是睡著了。」陳淡來回摸著脖子並暗自慶幸著，全身衣物早已被汗水滲透。

陳淡抬頭望見「淒月矢」依舊高掛牆面，便起身走近拿了一支檢視。如夢境一般，箭身很細，但箭頭卻十分銳利，然而連在箭身上的木屑特多，一不小心就會被刺。

「好細，這應該很容易斷！」陳淡想著想著彎了彎箭。

陳淡又把玩了幾下心想著：「還不錯呢！」。

才剛這麼想著，箭身突然「啪」的一聲被折斷了。

「啊，糟了，這下該怎麼辦？」

陳淡突然靈機一動，打開窗戶，把殘骸丟了。

窗外還是一片漆黑，看來沒睡太久。但那場惡夢讓陳淡感覺過了很久，該說連一生都結束，真是怪夢一場。

這時隱約傳來呼喚他的聲音。

找尋喊聲來源，便在陳淡正下方。仔細一看，不正是阿財嗎？

原來阿財房間在他下方，而阿財則從與他房間相對位置的窗戶向上探著頭。

「淡兄，還沒睡啊？方才好像有什麼東西飛過？」

「什麼？」陳淡先是一驚，不一會兒便心虛地把話題一轉。「別崇拜啊！方才我與『淒月』奮勇搏鬥！」

雖然陳淡自豪地說著，但阿財當然不可能明白他在說些什麼。

「啊，什麼？」阿財露出疑惑的表情。

「罷了，沒事。」

想想這種事也能得意成這樣，要是被人知道，不被笑死才怪，蠢事少做為妙。

「啊！」

遠方傳來淒厲的慘叫聲。

兩人表情突然轉為嚴肅，並不約而同迅速離開窗邊，轉身奔向門邊。

「發生什麼事？」

陳淡、阿財還有一個衣衫不整的青年男子同時在洪揚房門前相遇。

這位衣衫不整的男子，看來二十出頭，相當年輕。青年嚴肅的臉孔，給人一種堅毅的感覺，由房間位置可以判斷，他應該就是楊于。

徐瑜動作緩慢從房門走出，右手碰著額頭，顯得相當頭疼。令人驚訝的，不是他頭痛的模樣，而是他手上滲出的血絲。

眾人繼續轉向慘叫聲的來源，便是洪揚的房間。洪揚房門大開，楊于突然衝入房內，沒多久便呆立在洪揚床邊。

「怎會這樣——」楊于喃喃道。

陳淡一行人也趕了過來，並被眼前情景嚇了一跳。

剛才的慘叫者便是洪揚，傷口處血還在流，面目猙獰，雙眼睜得奇大無比，像是看穿天空似的。致命傷是胸前深深刺入的「淒月矢」。雪白的箭身，在鮮血的陪襯下，格外醒目。死者靜靜躺在床上，位置與當初陳淡他們安置的樣子無異，像是在睡夢中被殺害。窗戶距離床邊有五步之距，也如之前他們為讓房內通風一樣洞開著。洪揚的靴子還整齊地擺在一旁，看來安置後，沒有起床走動的跡象，一直躺在床上。

這時一樓大門傳出聲響，眾人走出房門向下一望才發現是秦霞。

「怎麼啦？」秦霞背著「鎮魔弓」和一袋箭袋從外而入，而那把弓吸引著眾人的目光。

「不要輕舉妄動，聽候指示！」楊于命令道。

「你誰啊？憑什麼在那嚷嚷！」徐瑜右手扶頭不悅地說道。

不曉得徐瑜是不知道自己右手的那幾絲細細血跡，還是要刻意展示給大家看，總覺得徐瑜的動作有些不自然。

陳淡仔細再看，徐瑜左手掌心還有許多密集的小紅點。

楊于上下打量著徐瑜，接著只是不屑地呢喃著：「我嘛？哼！」。

聚在一樓大廳，眾人不發一語，而徐瑜與秦霞兩人臉色十分慘白。

「楊于，你是兇手！」阿財斷言，神情與之前大不相同，像變了個人似的。

「何以見得？」楊于反問道。

阿財像是知府斷案般地說道：「這你瞞不過我！登記簿一直為我負責，早已看出端倪，這一年來你總在每月初七前先住進來，直到洪、徐二人離開你才離開。而且一般客人，被洪揚大鬧後，都不再來，至少也巧妙避開這日投宿。明顯地，你是針對他們而來！你別以為我不知，你總在二樓昏暗處，監視著這裡一舉一動。要我再舉證？每回你走後，整理房間時，總發現門紙有許多破洞，我已補洞補到火了。今夜，你逮到機會，便把他做掉，對吧！你跟洪揚一直有著暗盤交易！」

阿財露出充滿自信的笑容，看起來不是省油的燈。

楊于只是笑道：「不要做賊喊賊！我倒想問問徐先生，你到現在還不知你手中血跡？」

聽到揚于的話語，這時徐瑜才緩緩將雙手攤開。右手留著幾絲細長的血跡和許多附著其上深深刺入的木屑；左手則有紅點聚在一起，整個面積並不是很大，大約就一個指甲那麼大。

「這你該如何解釋？」楊于繼續追問。

「我怎知道，我醉得不醒人事啊！」徐瑜憤恨地說著。

「你可真醉啦，你被栽贓嫁禍啦！」楊于神色泰然地說著。

「而且、而且我又沒弓，怎把箭射出！」徐瑜表情十分惶恐，不時望向秦霞。

「我案發時，可在屋外，是要如何射啊！你且教我！」秦霞儘管沉穩地說著，但臉色卻很蒼白。

阿財露出了不表贊同的表情說道：「快從實招來，洪揚是個不法惡商，在廣東、福建這帶，早就惡名昭彰。我早懷疑你與他都在此不法交易。」

阿財咄咄逼人的口氣完全不像店小二，同時他剛才的那段話，讓其他人都像撞鬼般地嚇了一跳。

楊于對著阿財說道：「你才可疑！我調查許久，你今年才至此地工作，之前都在廣東出沒。根據調查，有人見過你在洪揚後方鬼鬼祟祟。」

「調查！你以為你是誰？別以為是捕快！」阿財提高音量斥責道。

楊于笑了笑，不急不徐地說著：「不巧，在下正是！」

「啊——」眾人啞口無言。

阿財突然勃然大怒：「怎麼可能！」

楊于從懷裡拿出了證明文件。福州捕快—吳平。

「啊！」秦霞叫了出來。「你是、你是吳民的兒子。」

「是的，我已追查你們很久！秦叔！」吳平看了當年父親吳民的搭檔副捕快秦霞一眼。「還有這位何財，你與洪揚，做著跨省鴉片走私勾當！多年來，一直找不到證據，今日終於發生內鬨。」

鴉片！陳淡回想著。對從小住在福建海港的陳淡而言，鴉片一詞並不陌生。這是種有麻醉效用的藥材，雖然在醫學上有時會拿來使用，但近年來卻已被濫用，往往使人上癮無法自拔。雖然目前只有沿岸少許走私，但如不及早遏止，恐怕數十年後，會在全國深深扎根。

吳平沉穩地續言：「你難道真以為我不知道，何財你與洪揚一直從事不法勾當，每次都演那酒瘋爛戲，越看越同情你！」

陳淡疑惑地想著，之前阿財告訴他，覺得是秦霞與洪揚的假戲，現在演員倒是換成了阿財。

吳平潤了一下喉頭說道：「什麼狗屁『淒月』傳說，不過是掩飾把戲，希望交易時越少人越好。雖然無法掌握實據，但我確信，父親當年是被你們謀害！我日日夜夜不停追查，想找證據，雖然無法找到，但知道終有內鬨的一日。就我調查，徐先生專從泉州進口香灰爐，每月此日，與洪揚相約此地轉售，洪揚再帶回廣州營利。」

吳平轉向徐瑜繼續說道：「徐先生！你不覺得納悶？若他要進口香灰爐，雖然泉州較為繁榮，但大可由廣州輸入。每次搜查徐先生與洪揚房間總找不著證據。買賣香爐不過是個晃子！真正目的是要轉手鴉片。他與你交易，不過是掩飾！」

吳平目光掃向阿財，皺起眉頭說道：「何財，這絕非你真名！總是偷偷摸摸，不但殺害洪揚，還想栽贓給徐瑜先生，可你沒料到弓卻為秦叔帶走。誰說『箭』要用『弓』才能殺人，你利用大家先入為主的觀念，事實上，直接用箭刺殺也一樣，沒弓亦無妨！」

阿財欲言又止，像在生悶氣。

吳平見狀後得意地笑了起來：「如此簡單之理，你也知道一下便被識破，所以才嫁禍徐瑜先生！我方才已在他房內找到了數支斷箭和箭頭。」

吳平邊說邊拿出房內搜索到的證物。這幾支「淒月矢」，每隻都在箭頭處就被折斷，剩下齊長的箭身，然而箭身的木刺特多，上面沾了些許血跡。

「你用這些箭在徐先生手上畫出傷口，並把木屑刺入手中，以製造他握箭刺向洪揚的假象。一支不夠又一支。用到斷了之後又——。」

吳平越說越小聲，發現了疑點。

阿財睨了吳平一眼，便以諷刺的口吻說著：「我只能說你洞察如此之弱，不愧是大捕快！讓我來告訴你更多情報。你也該知道？若你夠小心的話！洪揚有個習慣，總在隔日清晨帶著行李離開，但會在走出大門後前往客棧旁的那塊墓地祭拜『熾暮道人』；而秦霞為了感念當年，雖然我也不信的傳說，總在七夜之時，帶著傳說的『鎮魔弓』與那袋『淒月矢』前往祭拜。徐瑜從來不去，因他根本不相信。」

阿財說的那些箭袋和弓就在秦霞身邊，箭袋裡外都沾滿了香灰。阿財先前就已不再用「師傅」稱呼秦霞和他對傳說態度的轉變，陳淡可以斷定，他絕非單純的店小二；但案發時他們正在對話。若是兇手又要如何犯案？

陳淡想說出這個疑點，正要起身之時，不料懷裡的那「兩塊」玉珮掉了出來，所有人看了過去。徐瑜看到後表情有了轉變，想要開口卻又忍了下去。

陳淡頗感抱歉望著徐瑜，玉珮掉得還真不是時候。正想著該如何解釋，卻發現徐瑜並沒有看著他或玉珮，反而像是閃避一般別過頭去。

「哈哈，好像沒發現，碎兩片認不得？」陳淡面露苦笑想著，趕緊把掉在地上的玉珮抓起。

「咳！咳！」阿財不知道是想幫陳淡解危，還是也正好想清喉嚨，突然輕咳了幾聲。接著阿財拿起一支完好的箭交給吳平，攤開右掌示意要他示範。

吳平先是遲疑了一下，但為了證明自己的推論，握起箭後便往下用力一刺。

「啪！」箭身太過脆弱，一下變應聲折斷。之前陳淡在自己房間把玩時，就已經見識過。

吳平心有不甘，生氣地說著：「再給我幾支！」

但不管試了幾次，每支箭不一會兒便斷成兩截。

阿財不屑地笑道：「吳大捕快，你的想法我也有過。但你看！一定是用弓射的，不然箭會斷掉。也不一定是弓，該說是類似『弓』之類的彈性之物。」

「少跟我說教！」吳平顯得非常憤怒。

到底誰是兇手？陳淡努力地回想著。那個人、那個舉動與那段話，的確可疑，若要說類似弓的東西，卻怎麼想也想不著。

案發後，大家在客棧裡裡外外尋找蛛絲馬跡，誰也不相信誰，所以一同行動，深怕四處分散兇手會趁機逃跑或是銷毀證物。直到後來楊于跳出來說他是捕快，才有人開始主導。若要論其案發後不馬上公開身分，可以說是基於不想讓隱瞞的身分曝光，案情才能方便偵查，或是想在身分表明之前，多觀察四周人的舉動。而今曝光，應該胸有成竹！不過剛剛似乎又功虧一簣。

原想案情就要逐漸明朗，自己得以不被牽連前赴考試，如今卻又期望落空。

「也只能靠自己了。」陳淡閉上雙眼，左手托著下巴，仔細回想進入客棧後所發生的點點滴滴。

首先，秦霞如剛剛阿財所說般，是前往進行例行性祭拜，客棧外也留有來回走動的足跡。墳墓位於客棧右側，而案發的房間則是位於相當遙遠的左側。墳墓那邊就如來時所見相當凌亂，只有「熾暮道人」的墓地格外整齊，連香爐都是新的。上面有著秦霞之前前往祭拜的香柱，不過在不遠處有一灘被倒在地上的香灰。

有人提出質疑，秦霞可以繞到客棧另側，也就是洪揚房間處射殺。但屋外盤查之時，並沒留下任何足跡，只有發現一隻被折斷的「淒月矢」，而陳淡只好尷尬承認之前所幹得好事。

如果是從秦霞房間呢？秦霞房間恰好位於洪揚之下，而兩間房間在相對位置都與陳淡、阿財房間一樣，各有著一扇窗；細察房內的天花板，發現有個巴掌般的破洞直通上層，位置相當於洪揚床頭邊的地板。大家都知道秦霞的例行性祭拜，可以掌握他不在之時潛入秦霞房內。

陳淡想著想著嘆了口氣，還是先解決凶器是如何辦到的。

廚房位於徐瑜房間下方，發現的不外乎就是食物。麵粉、青菜、麵條、魚、肉和一大缸的米，並沒有特別之處。

楊于，或說吳平，房間下方是一間儲藏室，裡頭堆積著一堆柴火、破布和損壞的桌椅。

徐瑜說他醉得不醒人事，但似乎有著什麼秘密成為把柄而飽受洪揚恐嚇。

阿財案發時同自己說話，之前也有懷疑那傳說會不會是他所捏造，但詢問他人後，確實是有此說。而其房內則有一碗當作宵夜的乾麵，由於後來發生命案，沒有吃完，擺到已經糾結成塊。

吳平說他那時正在睡覺，被驚醒後隨即出門。行囊內找到一組針線包，不過這對出遠門的人來說也不是特別怪異，陳淡自己的行囊內也有一組。

陳淡把玩著桌上筷桶內的筷子，像把筷子當箭一般，試擬各種飛行方式，不久後陷入沉思。

徐瑜雙目呆滯，不時顫抖。

秦霞面有難色，與那一頭白髮同樣慘白，臉孔還不時抽搐著。

吳平在廳內氣得踱步，頻頻發出努吼：「不可能，不可能！我知道你是兇手，你用了什麼詭計！」

這樣不停的謾罵也讓阿財有些惱怒。

「呼——」

過了一段時間，阿財突然嘆了口氣。

陳淡想不透，如果他真的是兇手，又如何在案發時跟自己邊說話邊殺人？雖然阿財確實給人相當神祕的感覺。

「我還是招了算了。」阿財憤怒的表情頓時消失。「這些日子，我真是做了白工！竟與吳捕快槓上！真是造化弄人。」

阿財表情相當沮喪，慢慢地將上衣脫下，並把腹部上的纏布解下。

吳平見狀後露出勝利的笑容。

纏布解下後，阿財拿出了一塊牌子，刻意拉長音調說著：「吳——大——捕——快——，兇手不可能是我！」

吳平光火道：「都到如此地步，竟還不承認！」。

阿財亮了亮牌子無奈地說著：「唉，因我同你一般嘛！」，

牌子上面刻著「廣州知縣密探」。

這時吳平的下巴差點掉到地上，眼睛瞪得渾圓。

「唉——」阿財又輕嘆了口氣。

「怎麼可能！」吳平還是不敢相信，顯得非常懊惱。

秦霞的驚訝也不下於吳平，並恨恨地咒罵了幾句。

「別嘔啊！反這走私案我也查不下去，要給你弄砸啦！」阿財神情相當沮喪。「這數月來，我追查同你一樣，就連推論也與你一般，但我以為不法勾當是你與洪揚。」

「那我們不就——」吳平既懊惱又覺得可笑，兩人大概非常想抱在一起痛哭吧！

陳淡依舊把玩著筷子，瞇眼思考著，彷彿與四周絕緣一般，就算泰山崩於前也與他無關。

阿財愁眉道：「唉，我也沒頭緒！或許這裡確實不是交易之所，而另有他處，但如今首腦已

死。」

秦霞這時回復了些許血色，看了吳平一眼開口說著：「阿財！不，大人，其實——最有殺人動機，是、是吳平！因為當年吳民捕快即被洪揚殺害！」

眾人皆發訝異之聲，秦霞露出失言的後悔貌，隨即一片死寂。

「啊！弄懂了！」

不知道過了多久，陳淡頓悟般地叫了出來，打破了寂靜。

擒兇令

子曰：「視其所以，觀其所由，察其所安，人焉廋哉？人焉廋哉？」

動機、手法和證據——近百年來，無論是古典推理小說、冒險推理小說，以至於近代興起的社會寫實派，都緊密圍繞此三要素。

管理學中也不斷強調，任何事情都要發掘其「原因背後的原因，結果之後的結果」。不僅應用於管理學，生活中也應有如此精神。

各位聰明的讀者，所有線索皆已呈現。或許您心目中的兇手早已呼之欲出！「大膽假設，小心求證！」兇手就在「人物表」中！

秀霖

陳淡起身把弓與箭袋拿了過來，並把之前由徐瑜房內找出的斷箭集中在一起；突然又跑出客棧，隨後帶著「熾暮道人」墓前香爐回來，而這些舉動讓秦霞臉色鐵青。

大家只是默默地看著他的舉動，卻又流露出一種看好戲的心態。

「咳！咳！」陳淡清了一下喉嚨。「首先，關於『淒月』此說，已過數十年載，雖無有力證據，但可如此假設：世上並無『淒月』此魔，要有的話，僅有『欺月』，『瞞日欺月』的惡行！」

「別在那賣弄，頗為噁心！」看到陳淡擺出一副讀書人的架勢，秦霞不悅地喃喃道。

「『熾暮道人』確有其人，但為何如此裝神弄鬼？因他不想有人發現他在此地的勾當！此地為經商必經之路。而泉州大港，自元朝以來即為世界大港，多年來洋人鴉片皆由此入。雖然官府明令查緝，但在倭寇、海盜挾持之下，防不慎防。」

陳淡拿起筷子開始把玩，瞄了一下泉州商人徐瑜說著：「那些無辜被害者，便是撞見道長非法之行而慘遭滅口，之後便散布七夜禁令以飾罪行。但其實那日便為鴉片轉手之日！久而久之，每月七夜便成為例常交易之日，稱作『淒月』。」

廣州密探與福州捕快一同點頭表示贊同。

「就如方才兩位大人所言，廣東、福建官府早已察覺此事，派人加以調查，不料雙方並未事先知會，所以案情更為膠著。」陳淡同情地看著那兩人，而兩人則無奈地聳肩回應。

陳淡向前走了一步並開口說道：「事實上，整個轉手途徑涉及三人！其中一人兩邊通吃！數十年前，正如方才秦霞失言所示，道長與捕快吳民是為副捕快秦霞與洪揚所害。道長之前的命案，推罪妖魔，但要如何逃過官府盤查？那是因為有人包庇。身為捕快的吳民介入調查卻不幸遇害，且不論道長與捕快為洪揚或秦霞所害，但可確定，那次之後洪揚取代道長的位置。原由道長利用道士身分瞞混，雲遊各省散播鴉片。道長被害後，則改由遊走各地的商人洪揚取代！」

「至於秦霞，賺遍兩頭之利，是為進口、出口的中間者。」陳淡轉向徐瑜說著。「你負責自泉州帶鴉片至此，交給秦霞，藏在每次見面的那包香灰粉中。」

廣州密探拍了一下自己的額頭，一副怎麼沒想到的樣子。

陳淡繼續說著：「然而你並不知道鴉片會轉手給誰，僅知道賣到秦霞手中便可。但不知你的購買者，便是洪揚。你一直不知道你香灰爐購買者，同時亦是你鴉片買主。」

徐瑜只是沉默不語。

「但他們之間是要如何轉手，我無法明瞭，我已搜查數月之久。」阿財疑惑道。

陳淡拿起箭袋說道：「仔細看！袋裡袋外沾滿香灰，此為何故？」

「啊！將徐瑜所送雜有鴉片的香灰倒進去——」這次換成吳平拍著自己的額頭。

「沒錯！假借祭拜魚目混珠，致使旁人不致懷疑。縱有兩位密探同在於此，鴉片早已不在屋內，即便翻天覆地，也找不著！」陳淡舔了一下嘴唇，並朝香爐裡抓了一把。「這便是鴉片！秦霞假言祭祀，用箭袋送出客棧，到了道長墓前，再將鴉片香灰換入墓前的香爐，所以一旁才有被倒出的香灰。由於洪揚已死，今日正好逮個正著，不然今夜過後，明日清晨就被洪揚同以祭拜為由，以『狸貓換太子』之計，直接將香爐帶走，換上與徐瑜購買的新香爐。而由於墳墓看來經常有人打掃，新爐在此也不特別起疑。」

「唉，紙包不住火——」秦霞閉起眼睛嘆道。「但洪揚非我所害，我承認我與他們有著不法勾當，但又有何殺他動機？」

「因洪揚發現徐瑜這個鴉片商，不用再被抽一手。」陳淡不急不徐地說著。「你因畏懼從此失去財路，因此擁有殺人動機。」

「不是這樣——」秦霞急忙辯白。「我知道洪揚是已發現，但他也不敢如此，因我握有雙方走私把柄。何況、何況徐瑜一直為洪揚威脅，眾所皆知，他也有殺人動機！」

秦霞表情突然一變，後悔那個「也」有殺人動機，「也」字下得著實不妙。

「我、我，你倒說說，要如何殺人！」秦霞憤怒地說著。

對於矛頭指向秦霞，徐瑜鬆了口氣。

吳平雙眼一亮，搶先開口：「從你房內窗口，向上射殺探頭的洪揚！」

阿財搖頭不表贊同：「案發之時，我與淡兄一同說話，並未撞見隔壁任何異狀！」

「可你之前說有看見飛行之物——」吳平反駁著。

「淡兄之前已說，那是他所扔之物。」阿財停了一會兒後才繼續說著。「況且跡象皆示洪揚並未起身，又如何到窗邊中箭，再躺回床上。」

吳平像犯錯的孩童般縮了回去。

「那、那秦霞房內上壁之洞，甚為可疑，若由此射殺——」想到之前在秦霞房內天花板發現的破洞，或許可由此處向上射殺，吳平心有不甘想要反駁，但聲音愈說愈小，最後又縮了回去。

阿財本來也想出聲，不過發現吳平應該是想到了「又如何在床邊中箭，再躺回去——」因此作罷。

吳平敲著額頭，非常不解；阿財不時轉動雙眼，訴說著深深的疑惑。

兩人像要請示答案似地望向陳淡。

陳淡露出微笑，將手中一物置於桌面，是那碎成兩半的玉珮。

「我怎可能用這玩意殺人！」秦霞搔著白髮，顯得有些惱怒。

徐瑜遲疑了一會兒終於開口，並伸手想向陳淡拿取：「我的玉珮——」

「是該還你，兇手先生。」陳淡盯著徐瑜自信地說著。

「這、這又怎麼一回事。」兩位密探與捕快顯得相當頭痛。

「我被弄得天旋地轉。」吳平無奈地苦笑著。

像被捅了一刀，徐瑜馬上跳了起來。

「你倒說說，沒弓如何犯案！況我醉得不醒人事！」

徐瑜揪著陳淡的衣襟怒斥著，馬上又被吳平壓回座椅。

「就因你一再強調『醉得不醒人事』，這倒引我懷疑。事實上，你沒喝啥酒，此非重點，重點是這玉珮！」陳淡說著把玉珮拿了起來。「你一直相當珍惜此物，即便碎成這般也不該不識，但就在方才大家爭得面紅之時，我不小心將玉珮掉了出來，引了大家注意，而你卻沒有認出。因你不想認出，你以為，在你『裝醉』那段期間所發生的事必須裝做不知，而這塊玉珮破掉之時，就發生在那時！」

阿財想起似地點點頭。

「方才又是一試，同上回一般，還是遲疑之後便才開口，因你發現裝作不識反倒可疑。」陳淡說道。

「因我一時恍神——」徐瑜臉色慘白地辯駁著。

陳淡再次提高音調說道：「而你方才一開口，便想向我討回玉珮，而非質問『為何玉珮在我之手』或『玉佩怎變成這般』，因你早就『明白』發生何事！」

「無法苟同，你這混蛋推論也太薄弱！是又如何，頂多只能證明我假醉。裝又如何，這不犯法！」徐瑜臉紅脖子粗。「何況該如何射箭，弓且在哪！」

陳淡臉上掛著充滿自信的表情說道：「誰說箭非用弓射不可！只要相當之物，不需也可！」

阿財與吳平眼神閃爍，表現出非常渴望知道答案的神情。

「正是這個！」陳淡舉了右手，但手裡空無一物。

「什麼東西？」吳平問道。

再仔細一看，真的沒有任何東西！難不成是手啊！

「沒錯！便是這手！」陳淡直接公布答案。

阿財和吳平頓時像洩了氣的皮球，這是什麼爛答案！不久之前，吳平才因為這樣吃了個大鱉。

「哈！哈！哈！」像要開口吃人似地徐瑜刻意笑得非常大聲。「證明給我看，好讓我心服口服！」

陳淡不急不徐地拿起之前把玩的筷子，徐瑜依舊露出嘲笑般的眼神想要看場好戲。

「大家聽過這故事吧！」陳淡說著。

「啪！」陳淡將筷子折斷。「單打獨鬥的兄弟！」

眾人露出認為陳淡已經發瘋的驚訝表情。

又拿了一雙筷子，經過一番努力卻還是折斷了。

「互助的一對兄弟！」陳淡繼續自顧自地表演著。

這次再拿了三根筷子，但不管怎麼努力也折不斷。

「團結的三兄弟！」

看著陳淡怪意的舉動，在場的人都露出相當吃驚的神情。

「原來如此！」只有阿財興奮地叫道。「接下來就由我表演！」

阿財說完拿起那幾根在徐瑜房內找到的斷箭箭身。秦霞與吳平依舊不解，而徐瑜則是緊咬著雙唇。

廣州密探用那幾根箭身包住一支完好的「淒月矢」，右手緊握住這「圈」箭，左手壓在這圈箭的末端高舉著。

「等等！」陳淡將手巾交給阿財。「左手墊點東西！不然會同徐瑜一般！」

安置好後，阿財再次高舉。

「啪！」一瞬間，「淒月矢」刺入了桌面。阿財放開右手，原本圍繞的斷箭箭身散了開來，而那支「淒月矢」則直直立在桌上，就像「射」上去的一樣。檢視一下右手，不少木屑刺入手中。再看看左手，在手巾的保護下，並沒有像徐瑜左手出現紅點。

「這下你賴不著了！」阿財、吳平同聲說道。

徐瑜低頭不語，緊握著雙手不願攤開。

沉默強襲著整個大廳，就如暴雨前寧靜般地詭異。過了不久，徐瑜總算開口：「我也百般不願，當今國衰民弱，百姓窮愁潦倒，為了養家糊口，才如此鋌而走險。不料上月起，洪揚便同我說，他知道我某個秘密，要與我談談。我心生恐懼，便——」

陳淡搖搖頭，洪揚所指的秘密，應該是想直接跟徐瑜商量買賣鴉片的事，而徐瑜誤以為洪揚發現他的不法勾當，便想藉此威脅，所以才把洪揚殺害。但就算是沒有誤會，兩人生意談成，今天被殺的恐怕會變成沒有利用價值的中間商秦霞。

世風日下，人心不古。每個人為了自身利益，各懷鬼胎。

背著行囊，繼續趕路，歷經了如此漫長的一夜，早晨的空氣格外清新，卻帶著淡淡哀傷的氣息。

「國衰民弱——」陳淡思考著。

國難臨頭，後金掘起東北，而沿岸又不時有海盜侵襲，再加上朝廷黨爭不斷，內憂外患交加。面對仕宦一途，為使家族翻身，無從選擇。就算能順利中舉，真能抱持著崇高理想力挽狂瀾嗎？還是就此隨波逐流。

凝視著遠方，不敢多想，陳淡踏著沉重的步伐，在訴說人世無奈的細風裡，繼續前進。

（完）

鬼鈴魂

本篇是投稿第四屆「人狼城推理文學獎（台灣推理作家協會徵文獎前身）」的參賽作品，最後入圍決選並由「明日工作室」與其他決選作品集結出版口袋書，這也是主辦單位第一次由出版社所販售的徵文集作品。〈鬼鈴魂〉最後雖然沒有獲得首獎，但在出版社舉辦由讀者直接參與的猜首獎活動，竟意外成為票選第一名的決選作品，這確實給了自己不少鼓舞。

在創作的當時，自己還同時埋首在《考場現形記》的資料蒐集與古文研讀，故事一下就從前一部作品的明朝拉到現代，動筆之初還真有些不太適應。因為本作背景為現代，即便之前已經有幾篇小說的寫作經驗，但之前的創作，不是發生在19世紀的英國，就是在遙遠的古中國，以現代為背景的推理小說竟還是頭一次創作。

因為背景拉到現代，便想從生活周遭取材。本故事共分為三篇，其中前兩篇故事的取材都與我大學最要好的兩位朋友有關。第一篇「鬼門」的場景，是取材自其中一位好友平時所住，由儲藏室改建的小房間。當年有去那位朋友的「儲藏室」住過一晚，因為這位好友很愛看「批踢踢」的「Marvel」版，自己嚇自己就算了，還一定要跟我分享，一整晚不知道聽了多少恐怖的鬼故事。為了感念他這樣「招待」，就以他的住所為場景，寫了「鬼門」這篇極短篇作為「回報」。後來為了參加推理文學獎，便直接架構在「鬼門」這篇曾經寫過的作品發展成為〈鬼鈴魂〉。而故事的主要偵探「廖凱昊」，人物設定則是取材自大學的另一位好友。這名好友個性搞笑耍冷卻往往能在關鍵時刻展現他相當聰明可靠的一面，這也是故事中白爛偵探「阿昊」的人物設定原型。

還記得當年徵文集出版後，有讀者朋友在頒獎典禮時跑來跟我說非常喜歡小說中的「阿昊」，當然也有聽到覺得「阿昊」個性設定太過輕浮的評語，但不管如何，「阿昊」是我很喜歡的筆下人物，不然在真實生活中的靈感來源也不會成為我的要好朋友。

另外補充兩個關於〈鬼鈴魂〉的趣事，這部短篇小說出版後，出版社編輯一直慫恿我放棄推理創作改投靈異小說領域。另一個趣事則是有天接到學生電影工作組來信，想要將〈鬼鈴魂〉拍攝成電影。基於推廣本土推理創作，另外也實在很想看看成品會不會很恐怖，便毫不猶豫答應授權拍攝。後來和工作組偶有聯絡，也看過「鬼門」前半段的試拍影片，氣氛確實還蠻恐怖的，可惜最後無緣看到全部拍攝完成的影片。因為電影工作小組告訴我，在拍「鬼門」的後續片段時，工作組真的撞鬼，工作人員的鞋子經常被無故弄亂，拍片現場又有許多難以解釋的靈異現象，造成整個劇組人心慌慌，不敢再拍下去。究竟這一切是因為經費不足停拍，還是真的出現靈異事件，或許以後有機會再找白爛偵探「廖凱昊」來調查看看。

鬼門

踏進417室，就有一股說不出的詭異—是種戰慄，還該說是種顫慄？阿強突如其來的迎接，完全把我嚇到了。現在，晚上十一點多，我下意識地摸著傷口。那是不久前拖著沉重行李而使腳步不穩，卻又一個不小心從四樓跌到三、四樓間平台所造成的。不過卻奇蹟似地沒受什麼大傷，更奇怪的是傷口竟也不怎麼痛。

阿強是我結交多年的密友，從高中認識到現在將近八年。高中二年級時，為了就讀醫科，我選擇了自然組；從小就厭惡數學的阿強，很自然選擇了社會組。兩年後，如願以償考取了第一志願T大醫科；阿強也與我就讀了同一所大學，並時常保持連絡。

阿強跟我一樣家住台南，因為老家距離學校甚遠，因此在求學期間，阿強暫住位於學校附近，由阿強父親台北分公司三、四坪大的儲藏室所改建的小房間，而我則一直住在學校宿舍。

去年六月，阿強從大學畢業，七月入伍報效國家，受訓後分發到北投，放假回來便會暫時住在這間417室。

今年七月，我升上了大六，很不幸地，並沒有抽到宿舍，必須尋找其他地方租屋。當然，我也希望能借住阿強的417室，但我什麼也沒想，就先回台南老家了。不過該說因為他在服役，還是其他原因，這一年裡我跟他的聯絡並不頻繁，有種漸行漸遠的疏離之感。

三天前我去香港旅遊，由於知道飛回桃園已經晚間十點，到台北更是深夜時間。因此事先跟阿強說好要借住417室一晚，他也很爽快答應，並將鑰匙交給了我。

回國後，我直接前往417室，當我正朝著門把準備插入鑰匙前，門竟被打開了。

「嗨！香港好玩嗎？」阿強臉色慘白，勉強擠出一絲微笑。

和我預想的狀況完全不同，深深把我震住。

「嗯……你是不是沒按時服藥？」我遲疑地問著。

他現在應該靜靜地躺在床上，不該如此活蹦亂跳。

「當然有啊？不然我怎麼會變成現在這樣？」阿強說完又是詭譎一笑。

我想這幾天恐怕有發生一些意外吧？我小心翼翼將行李放置門邊並環顧四周，室內空間有點狹小，雜物四處可見。我瞄了一眼放置角落的垃圾筒，有被丟棄的藥包，阿強的確是有服藥。當兵的這一年裡，軍中的壓力讓他患了某種精神上的慢性疾病，必須長期使用藥物控制，而他就診的私人診所是我親戚開設的。雖然我沒有藥劑師執照，說來有些不應該，但仍私下在那裡工讀藥劑調配，他的藥物都是我親自幫他分裝，再由機器加工成包，也因此對他病況相當清楚。雖然每兩個星期會遇見一次，但也僅止於公事上藥物的使用叮囑。今晚417室的借住也是上星期阿強複診時所請求的。

阿強默默不語，只是冷冷看著我完成放置行李的動作。

隨後阿強突然出口：「浴室水龍頭壞了，今天你不能洗澡了。」

我倒是鬆了口氣，在這寒氣逼人的地方，不過就是一晚不洗也罷，於是我只是簡單換了乾淨的衣物。

在我換完衣物後，阿強有氣無力地說著：「打地舖睡吧！我要睡了，等會兒還要去報到……要幫你設鬧鐘嗎？我已經在音響設定好時間，免得報到遲到。」

「報到？你明天要去哪裡報到？」

阿強只是低頭沒有回應。

「對了，你女朋友去報到了嗎？」我想化解尷尬的場面，卻莫名感到緊張。阿強的女朋友，也是我的舊識，不久前剛通過外商公司的面試。

阿強停頓了一會兒才又開口：「嗯，當然，她應該會比我早報到。」

我越聽越糊塗，從他渙散的眼神看來，真讓人懷疑真的有按時吃藥嗎？

這時我們躺在地舖上，不過他頭朝著室外，我朝著室內併排著睡著。

夜間十二點多，是該睡覺的時候，雖然已經有種疏遠的感覺，但畢竟我們兩人也認識了那麼久，我們聊著一些無聊的瑣事，也不知道是幾點了。

「嗯，跟你說個詭異的事。」阿強開口說著，或許是要說出我的疑惑。「你知道嗎，我平常睡覺都像現在這樣距離鐵門很近。有時候半夜裡，模模糊糊中都會聽見門外有腳步聲，還有……還有……很像鐵門開關的聲音，而且還蠻頻繁的。」

我回想著，那是一條幽暗的長廊。但令我驚訝的是，印象中417室對面並沒有任何住戶，同一層樓其他房間都是阿強父親公司的辦公室，怎麼深夜會有人在走動？現在雖然不是農曆七月，但過了今晚就是了，我實在不敢多想。

「不知道你有沒有注意到，其實417室正對面有一道門。」阿強繼續說著，但我聽了以後感到非常困惑。「不過那道門很久以前就被封住了，又漆上跟牆壁一樣的顏色，所以你沒注意到吧！」

突然，房內音響響起音調低沉像是快沒電般的斷續歌聲：「我……等著～你～～回～～來……，我～等……著～你～～回～～來……」。

阿強與我同時從地上驚坐起，兩人面面相覷。

「你時間是不是設錯了？」我惶恐地問著。

阿強面色發白，雙眼露出驚惶之色。

「可是……我並沒有吧………」阿強眉頭深鎖。「而且我並沒有這首歌的CD……」

不待阿強說完，我早已感到背脊發涼，彷彿背後有著數萬個看不見的東西竊笑著。

「應該是電台頻道的歌吧。」我實在不想也不願多追究，就把音響的電源關掉。

再度躺回地舖，但那首詭異的歌，在我腦海裡迴盪不已。我試著緊閉雙眼，想用眼不見為淨來逃避417室內詭異的氣氛。

我睡著了嗎？還是這只是個夢？我感到昏昏沉沉，四肢無力。隱約感覺到身上好像有影子遮住我一般。

「啊！」睜眼的瞬間，我驚叫出來。

一個彷彿失去吊線的魁儡癱坐在前，舌頭垂外俯視著我，雙眼有如對我視而不見般地無神。那人不是別人，正是阿強。聽到我驚叫後，阿強眼神轉為憤恨，雖然只有那麼一瞬間，但我清清楚楚觀察到這一切的轉變。

如此僵著甚久，阿強總算回神般地開口：「就要離別了，還真捨不得……。」阿強說完又繼續躺下去。

這是夢遊嗎？還是精神疾病發作？這一切的一切，非常不像實境，有如夢境般的虛幻。現在了無睡意，或許該說原來就是如此，只能凝視著牆上的分針與時針相互追趕著，殷切期盼這一夜趕快過去。

現在三點十七分，強冷的冷氣令我直打哆嗦。

………。

「叩……叩……叩……」雖然距離鐵門有一段距離，但隱約之間可以聽見一陣陣的腳步聲。

「阿強！阿強！」我試著將他搖醒，但他沒有任何反應。

「碰！碰！」

先是鐵門被撞擊的聲響，再來又是一陣開關聲。

當我想到４１７室對面那道被封住的鐵門，內心不免又是一陣恐慌。

屏住呼吸，我悄悄移向門邊。

「碰！碰！」

繼關門聲後又是一陣撞門聲，有如某人被關在門外，想要強行闖入似地撞著。

這一刻，不知道是好奇心的驅使，或是早就豁了出去，我將右眼貼近鐵門的「觀察孔」。映入眼簾的是扭曲的視野，我來回移動位置以觀察孔外的四周。陰暗的長廊，在「觀察孔」外什麼都沒有，該說連光線都非常微弱，更別說是想看清楚。

「碰！碰！」

我跳了起來，倒退三步。這次的撞擊聲不在其他任何地方，就是眼前的這道鐵門。

再次鼓起勇氣，我向前查看，孔外的世界依舊是一片漆黑。

「啊！」一隻手搭在我肩膀上，使我不禁叫了起來。

我將抽搐的臉龐轉了過去。

「呼！」我鬆了一口氣，原來是阿強。

阿強無奈地說著：「這下你相信我說的話了吧，別以為我真的精神錯亂，其實我很正常，只是大家都不相信我罷了！」

「別理『他們』吧，不去理會，自然不會來找你，而且時候未到啊……」阿強說完又往地舖僵硬地躺了回去。阿強的動作，有如身體不是自己般地不自然。

「碰！碰！」

一陣陣的撞門聲，有時從遠方傳來，有時又是417室。長廊裡似乎有著某種「東西」挨家挨戶般地一間間詢問。這整層樓都是辦公室，除了417室外，並沒有其他住戶，當然也不可能有人會回應。

……。

不知道過了多久，我始終呈現半睡半醒的狀態，詭異的氛圍讓我實在不敢懈怠。

「啾～啾～啾～啾～～～」

這突如其來的聲響使我完全驚醒，一下便坐了起來，那是清晰的門鈴聲。

抬頭望見時鐘變成兩點多，而且秒針已經不再長跑，當然分針也不會動了。

「是我之前看錯嗎？還是本來就一直是停的？」我回想著。但依稀記得我看過分針慢慢往前移動的情景。

我上前把掛在牆上的時鐘取下，翻開一看，裡面並沒有電池。

「啾～啾～啾～啾～～～」

又是一陣門鈴聲，並伴隨著激烈的撞門聲。

我已經按捺不住，透過「觀察孔」向前查看，門外依舊是一片漆黑。

我試著想找回手錶，卻怎麼也找不著，完全不知道現在已經幾點了。

「喀嚓！」是音響電源開啟的聲音。

「我……等著～你～～回～～來……，我～等……著～你～～回～～來……」這首惱人陰沉的歌聲又再次斷斷續續響起。

剎那間，阿強僵直地坐起，起身將音響關掉，接著走向門邊。

「阿強！阿強！」不管我怎麼呼喚，他中邪般地繼續自己的動作，像被魁儡師操縱的玩偶，緩緩地將門開啟。

「啾～啾～啾～啾～～～」門鈴聲越來越急促。

我拉住他想停止他的動作，但反抗的力量比我想像的還要大上許多。

「喀嚓……」鐵門被打開了。寂靜的長廊裡，除了陰暗，別無他物。

這時我注意到４１７室正對面，確實有著一道與牆壁一樣被漆成米白色的鐵門。而阿強佇立在那道門前動也不動。

我試著開啟走廊的燈，但不管怎麼來回按著開關，燈依舊不亮。

「鏘………」

那道應該被封住的鐵門像被某物推開一般，散發出一道強光，令我雙眼難以睜開。

阿強回頭露出猙獰的表情，舌頭吐在嘴外，口齒不清地呢喃著。

「我……一直把你……當兄弟般……看待………」阿強雙眼泛紅地說著。「想不到……你竟然……這樣對我……，雖然……我……很想把……你一起……帶走，……但你……最好……別跟來……。」

「我……恨……你……，我……一直在……等你回來……，雖然……我下不了……手，……但我……已奪走你……下半生……的幸福了……，我……我……要去報到了……，……再……會……」阿強才剛說完，那道門就「砰」的一聲被關上，阿強就這樣從我面前消失了。

他真的瘋了嗎？

我衝上前去使力拉著那道門的門把，但那門不管怎樣還是不動如山，緊緊地鎖著。

另一幕怵目驚心的畫面，不過是牆上的一張白紙，但那四個大字把我嚇得魂飛魄散。那是一張「停電通知」，而且停電日期是從「昨夜十一點到今天清晨五點」。貼在這麼顯眼的地方，我來的時候竟然沒有注意到。

也就是417室其實一直沒有開著冷氣，而且……。

有時候停電通知，最後沒有實行也是常有的事；或是只停了一下又恢復供電等等的，我不斷找尋合理的解釋。

想到這裡，我衝回417室，雙手扶在音響上，沿著音響電線找尋源頭。當我發現音響電線插頭根本沒有插在插座上時，我完全呆住了！

我癱坐在地，一心只想離開這鬼地方。

樓梯位於長廊的另一端，站在417室門口完全看不見另一頭。我再次仔細打量那道米白色的鐵門，看起來依舊還是深鎖著。

我緩緩往長廊另一端移動，放輕腳步深怕吵醒什麼似地前進。在我走到長廊的中點時，已經可以望見下去的樓梯口。

這時一位穿著白色連身長裙、身形詭異的女子從樓梯口突然出現，手上提著不明的球狀物，微弱的光線使我看不清楚她的面容。

女子緩緩前進，嚇得我不知如何是好。

再仔細一看，發現這名女子頸部淌著鮮血，但卻沒有頭。往下一看，女子所提之物，是一顆血肉模糊的頭顱，頭髮相當淩亂，雙眼睜得奇大，惡狠狠地瞪著我。這時猛然想起，那個面孔不就是阿強的女友小玫嗎？驚嚇使我全身僵硬，我眼睜睜看著無頭女屍往前移向那道鐵門，而後緩緩拉開門，又是一道強光，「砰」的一聲門又關上，長廊隨即恢復一片黑暗。

我全身無力，完全無法思考，步履蹣跚地走向樓梯口。下一幕，我大概瞭解這一切是怎麼回事了。

三、四樓平台間，有一個與我前來４１７室時穿著相同的男子，帶著我的手錶，身旁還有一個爆開的行李箱，衣物和各種雜物散落一地，一動也不動地趴在血泊中。

我突然感到腦袋如雷擊般地受到重擊，一瞬間失去意識。

鈴怨

有開始就有結束，但這一切卻像個永無止境的惡夢。

1

「咦……妳換新手機啦？」

「是啊，我實在不想一直被騷擾，乾脆把門號也一起換掉，這樣還比較划算！」我答道。

「那舊的門號停掉啦？」

「是啊………」我邊說邊想起了些許不愉快的回憶。

「那借我看一下。」

「嗯。」我微微點頭並把手機交給室友。

我的室友鈺玫，才剛搬進來不久，留著一頭秀麗的長髮，面容清秀，個性相當平易近人，相處起來十分融洽。由於白天忙於打工，所以只有晚上才會遇到。

「我以前也換過手機，後來不知道我新號碼的同學，還是打舊手機，結果竟然是個男的接起，讓我同學嚇了一跳。」鈺玫俏皮地吐了一下舌頭。「學姐，妳有試著打給自己以前的號碼過嗎？」

拿回自己的手機後，我撥了一下以前的門號，不到幾秒馬上出現「您撥的門號已暫停使用」的語音。

「沒有什麼怪人接起來啊！」我露出失望的表情。

「嗯，妳有沒有聽過在農曆七月……」鈺玫小心翼翼地說著。「撥打自己的手機號碼，之後會接到回電的鬼故事。」

「等一下，現在不就是嗎？那妳剛剛還叫我打自己的號碼！」平常完全排斥任何怪力亂神的我，這時有些驚慌。

「別擔心，別擔心，妳又不是打這支手機。」鈺玫這時候又把我的手機拿去把玩，聽她這麼一說我倒是鬆了一口氣。

「別嚇我好不好，我承認我真的很膽小。」

「啊！妳還沒給我新的手機號碼！」鈺玫拿出了自己的手機。「幾號呢？我打給妳！」

「0910」我等著鈺玫輸入號碼，刻意放慢說話速度。「293—236」

「換中華電信喔，這樣跟我是網內了。」鈺玫說著說著把手機貼在耳邊聽著。「咦，電話中耶……」

我這時才發現她用我的手機去撥打剛剛我所說的電話號碼。想起她剛剛的那番話，心裡毛了起來。

我把手機搶了回來並生氣地說著：「妳很過分耶！明明知道我很怕這類東西，還這樣嚇我！」

「好嘛，好嘛，對不起，對不起，開個小玩笑！」她頻頻點頭表示歉意，可是我覺得一點也不好笑。鈺玫接著戲謔地笑著：「妳該不會真的相信那些鬼故事吧？」

「嗯……雖然是無稽之談，不過也不能說完全不信吧！」

鈺玫突然斂起笑容說著：「之前聽我學弟說，他是從C大轉來的，他們以前宿舍有流傳這樣的故事。」

雖然才認識不久，但鈺玫似乎很喜歡靈異故事，不用想也大概知道她大概會說些什麼。膽小的我卻一時心血來潮，想磨磨自己膽量，反倒沒去阻止。

見到我沒有制止，鈺玫繼續說著：「他們以前有個學長騎機車回宿舍停車，出了意外，在地下停車場的下坡處被鋒利的鐵架割得身首異處。但最恐怖的是，他的頭和安全帽，不管大家怎麼找都找不到。過了一年後，新搬進來的學弟都不知道這件事，有個學弟因為外出需要使用安全帽，一時手邊找不到，發現置物櫃上擺了一頂安全帽，正是當年怎麼樣也找不到的那頂，男生都是這麼無所謂，那個學弟就這樣順手拿走。結果當天他就出了意外，也是身首異處。」

「喂！拜託別再說了。」我摀住耳朵作勢不聽。「不管是不是真的，我真的被嚇到了，妳害我不敢洗澡了啦！」

「那就不要洗啊！」鈺玫又以開玩笑的口吻說著。

「哼！」我皺了眉頭。對於鈺玫這一番嘲弄，實在令人感到不悅。雖然嘴巴說不洗，還是準備了換洗衣物，畢竟在白天流了那麼多汗，如果不洗澡的話還蠻噁心的。

我步步為營走向共同浴室，好像躲著什麼似的。暑假宿舍裡空空蕩蕩，在夜晚更顯得詭異。

2

「鈺玫！妳別嚇我喔，妳剛剛有沒有去過浴室？」

歷經了一番波折，我又回到了寢室。

「啊……沒有啊，我剛剛一直待在寢室裡啊！」拿下耳機的鈺玫一臉疑惑地看著我。

我吞了口水，還是忍住不說。剛剛洗澡的時候電燈突然熄滅，不管我怎麼大叫是誰，都沒人回應。只好摸黑走到開關，發現電源熄滅，但誰會做這麼無聊的事？況且這一層的人幾乎都已經回家，現在還住在宿舍的人真的不多，我實在不敢再想下去。

「慧芬妳怎麼了？臉色好蒼白。」

「呃……沒什麼事啦！身體有點不舒服，我想早點休息。」

「真的嗎？」鈺玫有點擔心地說著。「那換我去洗澡。」

一時之間想把剛才的遭遇脫口而出，卻又忍住不說。

鈺玫離開寢室後，更顯得寂靜，我轉而整理書桌，想緩和一下驚恐的情緒。

「咚～～咚～～咚～～」這時我的手機震動起來。

「0910……這是誰的電話？」我邊思考邊接起電話。

下一刻嚇得我魂飛魄散！如果真有地獄存在的話，那絕對是一通來自地獄的詛咒！一個女子的慘叫、驚叫、尖叫充塞著整支手機，迫使我把它移離耳邊三吋。無論我如何應答，吼叫聲絲毫不被影響，於是下意識地掛掉電話。

驚魂未定，深深地吸了一口氣，重新檢視來電紀錄：0910293236。默念了一次，才驚覺這竟然是自己的新門號！

剎那間，手機又開始震動，清清楚楚顯示來電號碼0910293236。我叫了出來，將手機扔了出去。電燈先是忽明忽暗，接著熄滅。我驚慌地跑出寢室，頭也不回直奔浴室。漆黑的長廊，什麼動靜也沒有，一切顯得格外陰森。到了浴室，卻找不到任何人影。突然間，電燈一閃之後全亮了，一時之間無法適應，我瞇起了雙眼。

「鈺玫！鈺玫！」我四處尋找，但只有若有若無的流水聲回應。即使燈火通明，仍然撫平不了我驚嚇的心情。

「喂！慧芬！」遠遠看到鈺玫竟然從寢室走了出來。「妳怎麼了啊？剛剛是妳在尖叫嗎？」我快步地走向鈺玫，有一種獲救的感覺。

「太……好……了……」我上氣不接下氣地說著。

「妳到底怎麼了？妳從剛剛就怪怪的耶！」

……。

「鈺玫……妳剛剛……剛剛洗澡的時候……沒遇到……停電嗎……」雖然被拉進寢室裡坐好，我仍舊無法平息驚恐的心情。

鈺玫顯得既擔心又疑惑地說著：「妳在說笑嗎？我跟平常一樣洗好澡，回寢室發現妳不在，不久後就聽到妳一直在叫我，出寢室就看到妳在長廊的另一端。妳沒事跑去浴室幹嘛？」

我下意識地皺起眉頭，環顧四周，鈺玫頭髮還是溼的，她確實洗過澡，而我那支新手機依然靜靜地躺在桌上。我小心翼翼前去檢視，發現外殼有一塊不怎麼明顯的脫漆，應該是我把手機丟出撞擊造成的，這也證明剛剛那一切並不是幻覺，但卻又如此詭譎。

「慧芬！慧芬！」鈺玫重複叫了幾次我才回神。「妳到底怎麼了？真讓人擔心耶！」

我猶豫了一下，還是把剛才的遭遇全部告訴了鈺玫。

……。

「妳說妳接到自己門號打來的電話？會不會是看錯了？還是中華電信電腦當機之類的？」鈺玫也不是很有信心，臉色顯得有些慘白。「妳確定嗎？妳手機來電紀錄要怎麼看？」

我弄給她看，只是不管我怎麼找就是找不到，所有通話紀錄全部不見，就連之前打出去的電話也一併消失。

到底發生了什麼事？我怎麼想也想不通。心跳隨著思緒的混亂逐步加速，全身不停冒著冷汗。

「那個……這……」我實在是啞口無言。

雖然才剛認識鈺玫不久，不過就這陣子相處下來的感覺，她並不是個會隨便開玩笑的人。

「我好累……」我其實完全沒有睡意，但為了緩和情緒，我努力裝出鎮定的樣子。「還是先休息算了。」

我緩緩走向窗邊並隨意向下一望，眼前出現的情景卻讓我嚇了一跳。一個熟悉的身影佇立在眼前，並惡狠狠瞪向這裡，就是讓我換掉手機門號的那個人。

看到我不尋常的舉動，鈺玫走了過來，指向那可疑男子說著：「為什麼這麼晚了那男的還可以進來女生宿舍？」

「應該是翻牆進來的，得趕快去通知管理員。」我緊皺雙眉說著。

這時候那男人看見了我，但奇怪的是，他看到我身後的鈺玫時，神情竟然變得更為惶恐，簡直就像見鬼似地叫著：「慧芬，慧芬！快跟我走，他們回來了！」

不用費心通知管理員，他這舉動已經引來管理員前去關注。

「妳認識他嗎？他剛剛好像在叫妳耶！」鈺玫問著。

「豈止認識！他是個瘋子，剛從精神療養院出院，之後就一直騷擾我！想不到騷擾到這裡來。」我停了一會兒才又繼續開口。「他……他是我……前男友……」

3

昨夜真是徹夜難眠，任何風吹草動都顯得格外嚇人。那一切究竟只是人為的惡作劇，還是靈異現象，我始終無法明瞭。

不過這真的是很奇妙的感覺，不管先前發生了任何事情，經過一夜後都有一種恍如隔世的微妙感，彷彿什麼事也沒發生般地了無痕跡，但內心深處仍有一股餘悸震盪著。

一大早就不見室友鈺玫人影，一定又是去打工。白天的宿舍，完全沒有昨夜的陰森氣息，反倒是蟬聲不絕於耳。本來想要好好準備幾週後的國家考試，但一點也定不下心來。在求助無門下，能想到的只有校警隊了。

——我想就當作是出去透透氣也好。

走到了校警室前，我反而駐足不前，因為實在想不出這種事情要如何開口。門口旁邊腳踏車停放處倒是有一個可疑男子一直在其中一台腳踏車旁弄著車鎖。四目交接，他露出了變態的笑容。怪里怪氣的花襯衫，配上一頭亂髮，怎麼看都不像個好人，搞不好是偷車賊。

「呃……有事嗎？」看我在外面徘徊很久，一位老校警出來詢問。

「那個……那個……」我實在不知道如何開口。「沒什麼事。」

老校警露出疑惑的神情，額上的皺紋更為明顯。

「其實……」我指了指腳踏車停放處。「有個可疑的人在那裡鬼鬼祟祟。」

我撒了個謊，竟然只是為了說不出口的怪事。
「好，我去看看。」老校警動作緩慢走出校警室。
看到校警逼近，那位可疑男子顯得神色慌張。
「你好大的膽！竟然敢在校警室前偷車！」老校警說著說著竟然由憤怒的神情轉而露出了笑容。
「拜託！文伯伯別鬧啦，不要打斷我，我還要再試五千個號碼耶！」
「哈哈！」老校警轉向我。「其實是我叫他用的啦！這個腳踏車號碼鎖之前被我孫子拿去玩，結果密碼變了又沒注意，鎖上去才發現打不開了，所以我叫阿昊這小鬼幫我想辦法。他可是推理小說研究社社員，精明的很！」
如果很厲害，還需要一組一組密碼慢慢試嗎？我覺得有點可笑。
「這位是……」古怪男瞄了我一眼。
「報案抓你這個竊賊的人！」老校警笑道。
「真是的。」古怪男露出無奈的表情。「耶……同學妳生日是什麼時候？」
被突如其來的陌生人這麼一問，倒有一種被侵犯的感覺。
「嗯……」我想了一下。「一月一號。」
這當然是隨便捏造的。
「哇塞！這麼炫啊！開國紀念日耶！嗯……我試試看！」古怪男口中念念有詞轉著密碼鎖。

「0101*5+5632-932*5……喔……對啦……就是這個數字！試試看！」

他看起來真像個神經病。

「啊，成功了！」這個神經病一會兒後突然大叫。「同學妳真是個幸運女神！」

我沒有任何喜悅，倒是有種說不出的邪門。

「哈哈哈！」古怪男突然大笑。「我還真笨，竟然從9999開始往前試，答案竟然是那麼前面的數字。哈哈，文伯伯，還記得你的承諾吧！」

「是是是。」老校警顯得心有不甘。「這種土法煉鋼的方法誰都會！」

古怪男繼續笑著：「不要那麼不甘心嘛！各種疑難雜症、妖魔鬼怪找我準沒錯！」

「算啦！算啦！」老校警從皮夾掏出兩百元。「一百元酬勞費，另外加一百元你還是去好好感謝你的這位幸運女神吧！如果不是她，你搞不好錯過正確號碼也不知道。好啦好啦，做到這裡就可以了，下班吧！」

4

「雖然這個人看起來瘋瘋癲癲的，不過也許會是一個可以利用的對象。」

或許我不該抱有這種不好的想法，但如果不是懷有這種念頭，我又怎麼可能接受一個陌生人的邀約一同用餐。

「還真巧呢！竟然隨便說說就中了。」我隨性地說著。

「當然，我也知道學姊妳只是謊報生日隨便說說而已。」
這時才發現把謊報生日的事說溜了嘴，沒想到古怪男並不像他外表看起來那麼地呆。
「我當然只是配合妳演出，其實答案一開始就已經知道。」
「胡扯！你不過是好狗運猜到罷了，這種大話誰會相信！」我心裡反駁著。
古怪男繼續說著：「猜號碼也要有根據去猜，文伯伯的孫子才五、六歲大，要扳動那個有點生鏽的密碼鎖已經有點困難，更何況變更密碼需要更大力氣開啟某個裝置，也許對學姐來說都有點困難了。所以我覺得不太可能，倒覺得是因為文伯伯發現鎖打不開，想起之前孫子有玩過，以為密碼被改變。所以我就用了一點潤滑油，鎖就開了！」
「那你幹嘛不跟文伯伯說？」
「耶～～也不是不想，只是太早作完這件事，又要被叫去跑其他公差，跑來跑去永遠做不完，這樣太累了！我天性懶惰嘛～～」
古怪男說完還露出了一副欠揍的表情。
「為什麼你需要跑公差？」我好奇地問著
「因為我太懶惰啦！上學期服務課都沒去做，出現被當危機，就被罰去校警室跑公差補救。」
現在的小孩實在是……。
這個古怪男，從之前的交談得知叫做廖凱昊，小名就叫阿昊，是小兩屆的學弟，感覺某些方面還算精明，卻又一副吊兒啷噹的樣子，到底可不可靠？搞不好就跟他小名一樣是個「皓呆」也不一定！

「所以我就把密碼改了，在外面一直打混休息。」阿昊得意地說著。

「你怎麼可以那麼不誠實，很賊耶！」

「嘖嘖！學姊話可不能這麼說，文伯伯之前已經試過所有數字還是打不開，跟我打賭一百元，賭我一定打不開。嗯，不誠實的人又不只我。現在這種黑暗的社會裡，不會說謊幾乎是無法生存。唉唉唉，年經人不懂的！」

明明年紀就比我小，阿昊還在我面前裝出一副老頭子感嘆的樣子，真的很想狠狠敲他一下。

「喂！」我假裝生氣地說著。「隨便問女孩子生日很奇怪，你去問問其他陌生女子看看，看誰會理你！」

「我不是指這個。」阿昊表情突然變得相當嚴肅。「其實妳是有什麼煩惱才會在校警室前徘徊，我觀察很久，告發我這個偷車賊只是妳的謊言！」

「哪是！」

被晚輩這樣直接揭穿實在很不是滋味。

阿昊突然伸出食指頂著額頭正經地說著：「有什麼疑難雜症儘管找我廖爺爺準沒錯！不要隱瞞我，我就會幫你解決的！」

雖然不知道他是在模仿哪個人物，不過看起來真的很討厭。

阿昊見到我沒有回應，繼續開口說著：「那麼不相信我嗎？你去打聽看看，我可是本校推理小說研究社最有名的……」

「最有名的什麼？」我挑眉問著。

「最有名的……」阿昊停了一會兒才又開口。『幽～～靈～～社～～員～～』」

一瞬間以為聽錯，幽靈社員有什麼好得意的？這個人到底在想什麼？看起來完全不像可以幫忙的調查員，反倒像個搞笑藝人。

「好啦！學姊，我可是認真的，我這麼靈敏，早就嗅到妳身上散發的懸疑氣息，就當作是幫我提早結束公差的謝禮啦！」

5

「哈哈！學姊別生氣咩～～我只是開個玩笑嘛～～」聽過我述說所有經過後，這個可惡的阿昊竟然裝出一副很認真的模樣說著。「關於這種事件怎麼會是找校警隊呢？應該找對面那間才對！」

只見對面那棟建築物牌子寫著「學生輔導中心」。

「你太過分了，我當然生氣。我可是夠慘了才遇到這種怪事！還當我是瘋子嗎？」

「唉呦～～開個玩笑啦！我不都陪妳來調查咩～～」阿昊語帶歉意地說著。

即使如此，我還是很生氣，完全不想再理他。

像是為了打破僵局似地，阿旲突然改變話題：「我要怎麼進去女生宿舍，男扮女裝嗎？」

「如果你帶頂帽子、穿件裙子搞不好真的能矇騙進去！」我冷冷地回應。

「不行不行，說話就會被認出來！哈哈！」

他還真的以為他能嗎？這個漫不經心的傢伙！

在以修電腦為由下，阿旲帶著識別證進了女生宿舍。四處東張西望，看起來活像T大之狼，頓時相當後悔請他來調查。

「咦，慧芬，那位是……」遇到樓上寢室同系的學妹馨婷，露出一副「有八卦」的表情。

「不是！不是！」我連忙否認，完全不想和眼前這個人有任何瓜葛。

這時那個阿呆露出輕浮的笑容說道：「嘿嘿，我只是個來修電腦的工具人！」

怎麼有種越描越黑的厭惡感。

不過馨婷還是露出一副完全不相信的模樣，笑笑地走回樓上。

這下可麻煩了！要是和這種人傳出八卦，可是悲哀無比！而且馨婷不但是個多話的人，又是個出了名的大嘴巴，搞不好不久後全系都誤會我跟這呆子有一腿。

一進寢室，就感到莫名的異狀，卻說不出怪在哪裡。

「妳一個人住這一間喔？」阿旲問著。

「白癡喔！你都沒注意聽我說我有室友嗎？」我帶有怒意提高音調。

「嗯……這我知道……可是……」阿旲陷入沉思。「這就奇怪了！我剛剛看樓下登記簿妳的房間只有登記一個人住啊！」

「你又在開玩笑嗎？」我僵硬地笑了一下，倒是從來沒注意過。「我室友鈺玫住在這裡也好幾天了。雖然都只有晚上才會碰面，白天都遇不到……」

我重新念了一遍「只有晚上碰面」，竟然在大白天裡感到背脊發涼。

這時終於明瞭寢室的怪異之處在哪—本來在鈺玫床位和書桌上的所有東西全都不見，早上出門時竟然沒有發現，看起來就像鈺玫從來沒有住過這裡似的。也許阿昊一進門就發現這個異狀，所以才會這麼想。

「我……我……」我實在不知道該說什麼。

阿昊突然變得一臉正經，完全感受不到先前的痞樣，走向鈺玫的書桌打開抽屜。

即使看不見他的表情，仍然可以感受到他的驚嚇。抽屜內散佈著一疊疊凌亂的冥紙，有如鎮壓怨靈安息般地佈陣著，此外別無他物。

暈眩感強襲而入，到底是什麼鬼玩意？我懷疑這一切的真實性，跌跌撞撞衝到一樓服務處。

「阿姨……那個……」我支支吾吾不知該如何開口。

看到我無法言語，阿昊接續問著：「342室只住一個人嗎？」

「喂，少年耶，你不是剛剛才登記，上面不就寫著是一個人。啊還有，你們兩個是看到鬼喔，怎麼臉色都那麼難看！」

「嗯……」我們沉默不語，但不久後阿昊打破沉默。「342室以前是不是有出過什麼事？

怎麼……怎麼會有一堆冥紙？」

「呸！呸！呸！童言無忌，現在這個月不要亂講話！」阿姨表情突如其來的轉變，更讓人懷疑另有隱情。「這個符咒拿去啦，保庇平安！」

阿姨拿了兩個符咒折成的紙八卦給了我們，並繼續說著：「其他不要再問啦！不是要修電腦還不快去！要約會去外面，不要在宿舍裡給我亂搞！」

6

思考了一陣子後，阿昊走出寢室四處調查，完全無法思考的我只好跟著他走了出去。

「總電源在哪？」阿昊問著。

「我……不太……清楚，樓上走廊的盡頭吧？」我帶著阿昊上樓。

我們前去察看總電源開關，打開電箱外殼後，上面清楚標註著各層樓的開關。原本暑假人就不多，白天有活動的學生離去後，宿舍裡的人就變得更為稀少。

走廊除了我們之外空無一人。

又走了一段距離後，突然一位女子快步經過，我想都沒想就大聲驚叫：「啊！鈺玫！」

但那位女子像是耳聾般絲毫不為所動，依舊快步向前。有幾間房門倒是發出開門聲響，有人出來一探究竟，想知道剛剛的叫聲是怎麼回事。

我衝向前去拉住這名女子，想確認她是不是幻覺。

那名女子一臉錯愕回頭驚叫著：「妳要幹嘛！妳是誰！」

這人跟鈺玟長得一模一樣，根本就是她本人沒錯。

「鈺玟！妳就是鈺玟吧！」我大聲說著。

像被侵犯似地，這名女子歇斯底里地大叫：「神經病！妳誰啊！我不認識妳！」

這時馨婷從寢室出來，對著疑似鈺玟的人說著：「曉萍，妳認識我學姊喔？」

曉萍聽了以後只是搖搖頭。

「妳先回去休息，這裡我來處裡好了。」馨婷說完，曉萍低頭繼續前進。

阿昊目睹一切，有些震驚地上下打量著我，這個舉動實在令人感到非常不悅。

「啊！學姊抱歉抱歉，其實我有時候也會認錯人啦！」馨婷笑笑地說著。「曉萍她一個人住在五樓513寢室，是我社團同學啦！她最近發生一些怪事，所以情緒相當不穩。」

「所以她不是鈺玟。」我吞了口水。

「其實她體質蠻敏感的，最近這個月身體就一直很不舒服。」馨婷停頓了一會兒。「嗯……該怎麼說，她常跟我抱怨這間宿舍不乾淨，聽說以前有發生過……」

馨婷欲言又止，神情相當慌張。

「咦……」阿昊環境四周並搔頭說著。「看起來整理得還蠻乾淨的啊！」

我瞪了阿昊一眼，這時候根本沒有任何心情陪他耍冷。

馨婷神情嚴肅地繼續說著：「她說她從小就看得到那些東西，最近好像被那些東西糾纏著。

而且之前她一直夢見有個陌生男子跟她親熱，一直要帶她……帶她走。可是夢通常都會記不太清楚，獨獨這位男子的夢境卻非常清晰，如同真的發生一般，每天卻又一再重複。然後每到夜晚她都會昏昏沉沉，不知道自己做了什麼。我還蠻擔心的，前陣子才陪她去廟裡收驚。收驚的師傅很驚訝，說她的『煞』怎麼那麼嚴重！一直問她『妳最近有沒去醫院？』『有沒有經過殯儀館或是喪家？』又說什麼『妳是被一男一女嚇到，男的看起來壯壯的，女的看起來神情相當哀怨。男的一直在嚇你，女的倒有點像在保護妳的感覺。』還好收驚的時候外人需要迴避，光是事後聽曉萍敘述收驚經過我就毛得半死，更何況是她本人當場聽到這些話。」

我發現馨婷跟我一樣都已經起雞皮疙瘩，而我更是緊張地眼皮不自主地跳了幾下。

「哈哈……我太多話了。」馨婷儘管露出苦笑，卻很明顯是想要緩和自己的緊張情緒。「唉……總之，曉萍她不是故意發脾氣啦，所以學姊請不要在意！」

我全身上下都毛了起來，阿昊卻露出一副完全無法相信的表情問著：「同學，昨天和前天晚上有沒有停電？」

「嗯……沒有啊，都好好的啊！」

「嗯……有沒有看到有人接近那個總電源開關？」阿昊指著走廊底端的總電源。

「啊……這我怎麼可能知道，距離我們寢室很遠耶！又在走廊的轉角，不太可能注意到啦！」

聽到馨婷這麼說，阿昊反而露出了詭異的笑容。

「謝啦，沒事了！」阿昊面露微笑說著。

我感到一片茫然，不敢再推測下去。

「對了！」阿昊像想起什麼似地把馨婷拉到一旁小聲說著。「那個慧芬有沒有……有沒有什麼憂鬱症之類的病史？」

雖然阿昊極力壓低聲音，大概是不想讓我聽到，可惜每個字都清楚跑進我的耳裡。

馨婷很有默契地小聲回應著：「沒有吧，學姊很開朗耶！她是個很好的女孩，你可要好好珍惜。怎麼啦，對女朋友身家調查啊！」

馨婷說完還用手肘碰了一下阿昊。

我感到非常生氣，氣的不是因為被誤會跟這白癡是情侶，而是他對我好像產生質疑，或許打從一開始就只是為了嘲笑而假裝幫助我！

馨婷像是發覺我生氣似地急忙說著：「好啦，不要吵架喔！我不打擾你們了。有什麼問題可以再來問我，我們社團很樂意為大家服務。」

該不會是什麼婚姻仲介社吧！

「妳是什麼社的？」阿昊好奇地發問。

「嗯……」馨婷露出羞澀的微笑。「超自然研究社！」

「超自然研究社。」我和阿昊驚訝地異口同聲說著。

超自然研究社，竟然會有這種社團！

7

夜幕低垂，晚風徐來，本來應該是個怡人的夏夜，今年卻格外悚然，一直覺得身後鬼影幢幢。我在校警室外後悔地不停踱步。想要撥打電話，卻發現那晚之後手機就一直被我鎖在宿舍櫃子裡，連電池都被拔掉，深怕開機又會接到什麼怪電話。

到處都找不到投幣式電話，自從手機普及後，越來越少人使用公共電話，現在沒有手機可用，才發現已經很難找到投幣式公共電話。

我豁了出去，反正繼續在外面徘徊下去也不是辦法，只好硬著頭皮走進校警室。

「文伯伯，對不起。那個……」我以生硬的口吻說著。「我是早上來過的那個人。我手機不見了，可不可以借我打一下電話嗎？」

「喔……」文伯伯露出慈祥的笑容。「妳就是早上的那個幸運女神啊！沒問題，要趕快先掛失手機吧！」

我竟然又輕易說了一個謊，而且對著如此和藹的老人，又說得如此臉不紅氣不喘，不禁感到十分愧疚。曾幾何時，我應該也是個單純的女孩，是歷經了什麼，讓我變得如此狡猾。從兩年前開始，我就變得時常封閉自己、偽裝自己，有時候真的覺得很累很累。

「喂，媽。」我打電話回家。

「慧芬喔，妳在搞什麼，手機都不開喔！」

「媽，我手機不見了，所以最近都會打不通。」又是一個謊言！但我真的不想讓媽媽擔心，才會選擇隱瞞最近發生的怪事。

——想想又像是為了自己的謊言尋找藉口。

「妳這小孩怎麼那麼糊塗，不是才剛換新手機，趕快去報遺失啦！嘖……好啦好啦，妳那邊錢夠不夠，我要不要再匯錢給妳？」

「不用啦，夠啦夠啦！」

「考試好好準備，三餐要正常吃，不要又熬夜啦，趕快去唸書吧！」

「嗯……我這邊很好，不用擔心，掰掰啦！」

不知不覺中，眼淚逕自流了出來，連自己也不知道是什麼原因。

之前和白癡阿昊大吵一架。因為他和馨婷的那一番話，讓我相當生氣，感覺整個就是被愚弄！出了宿舍後我只丟下一句「別愚弄我！」便掉頭就走。

人與人的相處，信賴確實相當重要。這種不被信任的委曲，真的有苦說不出。為了保護別人而撒謊，聽起來好像非常偉大，但絕大部分追究背後原因，源頭不也只是為了保護自己。

「嗯……」文伯伯掛著慈祥的笑容說著。「小妹妹，沒關係啦，人都有糊塗的時候啦！」

文伯伯以為我因為遺失手機而傷心落淚，面對如此熱心的好伯伯，反而覺得自己險惡，內心浮現一陣心酸。

「文伯伯，我沒事。可不可以給我廖凱昊的手機號碼？我想問問看他有沒有看到我手機。」

文伯伯點點頭才又開口：「啊，對啦！應該找他沒錯，他蠻會找東西的。別看他一副混混的樣子，之前幫我找回一堆覺得永遠找不回來的東西。你等一下，我找找看。」

8

「凱昊，你不是台北人嗎？為什麼住宿舍？」

進了阿昊的宿舍感覺像進了豬窩一樣，非常淩亂。因為我身為延畢生，大部分的朋友都已經畢業不在台北或是忙於工作，當然不可能再回自己那間鬼寢室，也不知道還有哪裡可以投靠。這個阿呆雖然煩人，不過感覺又不像壞人，似乎能給人一種莫名的安全感，情勢所逼也只好出此下下之策。吵架之後我反而變得有些客氣，也許因為有求於人，所以才不得不低頭吧！

——總感覺這樣的自己還蠻不真誠的。

「我是住台北啊！不過這個同學已經回南部去，暑宿錢也繳了，我有義務幫他看家！」阿昊說得頭頭是道，我還真有點佩服他胡謅的功力。

「嘖嘖～～沒有啦，這裡是我暑期渡假中心！」阿昊又補了一句。

實在不想再追問下去，因為根本不知道他哪句才是真話。

環顧四周，過得倒還真逍遙，零食包裝散亂一地，飲料空罐也隨處可見，有種衝動想訓他一頓。

「嗯……我下午去調查了一番。」阿昊說著說著拿了一疊文件給我。「這是我去你前男友的精神療養院找到的，妳先看一下這篇據說是你前男友發瘋前寫的一段筆記。」

我花了一段時間讀完，內心充滿不可思議。這篇筆記充滿靈異色彩，真的是在他神智清醒的狀態下寫出來的嗎？緊接著阿昊從一疊影印剪報中抽走了幾張，再把剩下的交給我。

標題：北市再傳情殺案

內文：T大畢業高材生，現職役男，疑似因為感情糾紛，將女友以斷頭方式殘殺。該名男子最後在三、四坪的自家住宅內自縊身亡。

由於命案現場同時發現一名可疑昏迷男子倒臥在現場附近，警方目前仍不排除他殺嫌疑。

標題：T大情殺案出現轉折

內文：T大情殺案，命案現場李姓昏迷男子，與綽號阿強的男性死者為舊識，並與兩位死者有著複雜的三角關係，女被害人兇器與男死者住處充滿李姓主嫌指紋，目前檢察官已提起謀殺公訴。

標題：T大情殺案案情離奇

內文：T大情殺案李姓主嫌堅稱遇到死者鬼魂，案情口供令人難以置信，但卻順利通過測謊，令人不得不對測謊機制產生強烈質疑。

然而也有人相信李姓主嫌證詞，知名命理老師林天為特地到命案現場實地查看，直稱煞氣重重，並提出了不同的看法。

（本報獨家報導命理林老師解析　詳見第10版）

標題：T大情殺案撲朔迷離

內文：T大情殺案案情出現戲劇性轉變，李姓主嫌以精神狀況異常無罪開釋，但須轉至療養院進行長期治療。男女雙方被害者家屬直呼司法不公，準備再次提起上訴。

看完這疊資料後，內心千頭萬緒，百感交雜。

之前竟然誤會這個阿呆，以為他完全不相信我，想不到卻為我付出那麼多。有找尋過期報紙經驗的人都知道，在圖書館茫茫舊報大海裡，要找到特定的相關報導，是何其困難！

想著想著有點不好意思地脫口而出：「凱昊，對不起。謝謝你幫了我這麼多忙。」

其實他這個人某種程度還算可靠的。

「哈～哈～哈～～小事一樁！我神通廣大～～什麼事都瞞不過我！」阿昊拍著胸脯說著。

看到那副自大的嘴臉，實在非常無奈，很想把剛剛的想法收回，原本上升的些許好感又扣了回去。

「對了，學姊，妳跟前男友怎麼分手的？」

「這……這很重要嗎？」我挑眉反問道。

「當然啊！我覺得多少有關。」

這個阿呆該不會不安好心，想做什麼壞事？我思考了一下，還是決定開口。並不是我不願意說，只是跟前男友在一起真的是很久以前的事了。

我勾起遙遠的回憶說著：「他是醫學系的學長，那時候他劈腿，我不能忍受，所以跟他分手啦，因為我無法忍受他一直欺騙我！」

「好吧，細節我就不用瞭解。嗯……明天我們去那間417室一探究竟。筆記裡提到在學校附近，我已經查出來在哪裡了。」

阿昊未免也太神通廣大了吧！怎麼行動力如此迅速，真令人懷疑他的背景。

「呵呵～～在想我為什麼那麼厲害嗎？」阿昊又開始自鳴得意。「因為我家是開徵信社的，包抓姦、包外遇、包離婚，而且還包水餃、包抓漏、包通馬桶，所以妳什麼事都瞞不過我！」

他說著說著還伸出食指舉向我，感覺真不禮貌，說完又自己得意地笑了起來。

後面三個是我聽錯嗎？還包水餃、包通馬桶，什麼鬼啊！難不成會是徵信業界的黑話？我已經無法判斷這句話的可信度。

我上下打量著眼前的阿呆並認真問著：「我之前就很想問，你是不是受過什麼刺激，才會變得這樣瘋瘋癲癲的？」。

「哈哈！」阿昊裝模作樣地搖頭嘆氣。「這個年輕人是不會瞭解的。」

氣氛突然僵著，真的很不願意再跟這個神經病說話。

阿昊停了一會兒後才又打破僵局開口說著：「明天就跟我去一趟417室吧！」

「為什麼非去不可？」我膽怯地說著。「我……我……不想去。」

「我覺得那裡也許有著失落的環節！」

什麼失落的環節，為什麼他可以那麼「鐵齒」不相信這一切！

唉……也許只有親身體驗才會知道恐怖，旁人根本無法瞭解。而且與其去417室調查，還不如陪我去廟裡收驚，搞不好師傅會說，我身後跟了什麼東西之類的

——越想越覺得身體發冷。

阿昊繼續說著：「而且我們應該去找妳前男友談談，我想釐清一些疑點。但在這之前，先去中華電信查一下妳手機通聯記錄。」

「唉……隨便你。」我覺得非常疲憊，就暫時聽這個阿呆的話算了，不然也不知道該怎麼辦。「這間寢室只有你一個人在『渡假』吧，老娘決定今天也要在這裡『渡假』！」

「啊～～啊～～啊～～啊～～～～這位小姐，妳是認真的嗎？」

阿昊嚇得跳了起來，反應有需要那麼大嗎？

「人家……人家……」阿昊邊說邊把身體扭扭捏捏縮在一起。「學姊……妳該不會是對我有非分之想吧？」

天啊，這麼有這麼無聊的人啊！我是女生耶，這傢伙真的不是普通的欠揍！我撿起旁邊的垃圾用力往他砸去。

「啊！」阿昊叫了一聲，表情突然變得十分認真卻又帶著羞澀。「學姊，既然妳決定要住下來，在這麼美好的夜晚裡，真的不考慮跟我……」

阿昊認真的表情反讓我緊張起來，我吞吞吐吐地說著：「跟……跟你什麼？」

「跟我……」

阿昊到底有什麼難以啟齒的事，第一次住在男生宿舍，讓我感到渾身不對勁。

「跟我……」阿昊總算再次開口。「跟我一起打掃一下這間寢室～～YA～～不然妳沒位置睡啦！」

阿昊邊說竟然還邊比了一個YA的手勢。

——明天去精神療養院，絕對有必要把這個白癡留在那裡治療。

9

「你這傻子要盯著通聯記錄傻笑多久！」

我把通聯記錄從阿昊手中搶來。

一早前往中華電信申請通聯記錄，紀錄上顯示在那通鬼來電的時間，確實有一筆通聯記錄是0928425847，不過竟然寫著是我打過去的，明明我那時候就是接到來電，怎麼會是去電呢？

阿昊直呼快要破案，一口斷定這一定是系統故障造成的錯誤，之後還一直取笑我。真的就這麼簡單嗎？如果是這樣，阿昊為何堅持要帶我前去療養院找我前男友？而消失的室友又是怎麼回事？疑點還是很多。

也許，阿昊只是為了讓我安心，才故意這麼說的。我開始有點懷疑他的瘋瘋癲癲，會不會是為了讓我轉移注意，不要再胡思亂想。不過，他會是這麼體貼的人嗎？

療養院內瀰漫著一股讓人不想多再停留任何一秒的強烈不適感，但在接待我們的醫護人員出現前，我跟阿昊也只能在會客室漫長等待。

「嗯，兩位久等了……」總算有醫護人員出現並語重心長說著。「請你們說話注意一下，不要刺激到病人喔！李先生前陣子病情變得比較穩定，才能偶爾讓他出去外面自由活動，不過最近好像又受到什麼刺激一直發病。總之，小心一點吧！」

此刻心情極為複雜，明明是為了不再被前男友電話騷擾，才更換手機號碼，也才有後來發生的這些怪事。現在卻反而是自己找上門來，真是說不出的矛盾。

醫護人員離去後，一個遙遠卻又熟悉的身影走了過來，突然有種抬不起頭的感覺。

「嗨……」我說得相當無力。

前男友眼神呆滯，一下望向天花板，一下又凝視遠方，顯得坐立難安。

突然間他又激動起來，用力抓住我的雙手不斷重複著：「慧芬，他們回來了！慧芬，他們……」

前男友還沒說完，阿昊馬上把他拉開並推回座位。前男友瞬間變得像個被責備的小孩，以無辜的眼神望著阿昊哭了起來。

「遠離這男人！」前男友再次情緒激動大聲嚷著。「遠離這男人！他是惡魔，慧芬妳要小心，他是壞人！」

前男友鬧起脾氣，像個輸不起的小孩謾罵著，一旁的阿昊則沉默不語。

頓時間我感到眼眶溼熱，一個堂堂T大醫科高材生，本來前途似錦，現在竟然淪落到這種地步，我是不是多少都要負點責任？

「你那天為什麼要去女生宿舍？」阿昊問著前男友。

前男友全身顫抖說著：「因為……因為……我……接到小玫的電話叫我過去。她說……她要找慧芬報仇……」

這時擺在桌上的通聯記錄被前男友搶了過去，看了之後面部扭曲地嚷著，音調還逐字升高：「0928425847！這……這不是小玫的手機號碼嗎！啊～～啊～～～啊～～～啊～～～阿強原諒我～～阿強原諒我～～啊～～啊～～啊～～啊～～」

前男友如觸電般直接將通聯記錄扔在桌上，緊接著雙手抱頭，不一會兒哭喊不已：「我沒有殺人，我絕對沒有殺人！」

我雙手不停顫抖，下意識把通聯記錄從桌面上拿了回來，原來當天跟我通話的是已經往生的小玫。

前男友向一旁的空氣不停揮舞，並歇斯底里吼著：「余鈺玫！走開！走開！不要糾纏我！」

我非常不願承認但又確實聽到「余鈺玫」三個字。難道那夜跟我通電話的是往生的余鈺玫？之前消失的神祕室友也是余鈺玫？這到底是怎麼一回事？我感到雙腿發軟，全身冷汗直流。

這時醫護人員衝了進來，狠狠地瞪著我們，臉上清楚地寫著：「不是特別交代你們不要刺激他嗎！」

醫護人員像對待瘋狗般把前男友拖了出去。

看到這種情景，本來在眼眶內打轉的淚水，早已潸然而下。

阿昊什麼也沒說，神情堅定攙扶著無助的我走了出去。

——這是第一次感受他的可靠、他的穩重。

10

「我不太明白，為何非得帶我去見前男友不可？」在前往417室的公車上我提出我的疑問，不過阿昊總是顧左右而言他，並沒有直接回答我的問題。

先前等公車時，阿昊告訴我令人震驚的事實：其實他之前蒐集情報就已經知道T大情殺案女被害人叫做余鈺玫，怕我如果昨天晚上知道的話，又會胡思亂想無法安寢，刻意把提到女性死者姓名的剪報抽掉。而余鈺玫生前住的宿舍就是我現在住的那棟，不過並不清楚寢室是哪間。另一個更為驚人的發現，與神祕室友長得一模一樣的曉萍，全名是余曉萍，她是死者余鈺玫的親妹妹。不過這個阿呆到底怎麼找到這些情報？難不成他家真的是開徵信社？搞不好應該是詐騙集團吧，不然怎麼有那麼多個人隱私資料。

我豐富的想像力又開始運作，推測著余曉萍之前一直夢到的男人是阿強；姐姐鈺玫的鬼魂附身到妹妹身上，為的是要保護妹妹不被傷害。但是跑到我宿舍又想傳達什麼？難道是想找我……。

「喂～～學姊！妳還在嗎？學姊！」

阿昊及時打破了我深不見底的想像世界，不然真不知道又會飄到哪去。

回神以後，我深吸一口氣才又開口：「喔……對啦！以後不要再叫我學姐了，感覺好不親切耶！叫我慧芬就好啦！」

其實我也搞不太清楚為什麼突然這麼說著。

「耶～～」阿昊輕皺雙眉說著。「竟然想跟我裝熟！」

聽到這句話，我開始後悔對他釋出善意。

「好吧……」阿昊思考了好一會兒才又自顧自地點頭說著。「那我只好勉為其難叫妳慧芬姊！」

這個欠揍的小孩，有必要多加個「姊」字強調我老嗎？

見到我沒有拒絕的意思，阿昊繼續說著：「嘖嘖，慧芬姊……不過這叫法讓我聯想到環保塑膠袋耶！」

「為什麼呢？」我疑惑地問著。

「啊就環保塑膠袋『會分解』唄！」

我聽完馬上用手肘撞向阿昊，以表達我的不滿。

嬉鬧之後，阿昊突然神情變得相當嚴肅說著：「嗯，言歸正題……帶妳去見前男友的原因有兩點：第一，我想確認妳前男友是不是真的發瘋了。」

「那你認為呢？」

「不～知～道～～」這個阿呆說話方式又恢復了原本的痞樣，難道他的正經就撐不過三秒。

「不過也意外發現通聯記錄上的號碼是死者余鈺玟的手機，這個我之後再去查證。」

阿昊先是神情認真地看著我，但隨即又以輕浮的口吻繼續說著：「第二，假設妳前男友是真的瘋了，是什麼讓他發瘋的？如果，嗯……沒做什麼虧心事的話，又如何被鬼魂捉弄到發瘋？在我看來T大情殺案搞不好是多起謀殺案交錯而成，不過這也只是我的猜測而已。我其實已經知道捉弄慧芬姊的鬼魂何在，只是我無法明白動機為何。我想說的是，為什麼鬼魂會平白無故去害人，鬼魂害人要成功，只有作虧心事的人才會被嚇到吧！」

一開始還聽不懂，不過仔細思考後，才發覺他話中帶話。

「你這話什麼意思！」我有點惱怒。

「沒～～什～～麼～～」阿昊裝得一副神秘兮兮。「妳沒意願說就算了！」

也不是第一次出現這種狀況，我想再問下去恐怕也問不出什麼，直覺似地別過頭去，心裡暗自決定下公車前都不想再與這個煩人的阿呆搭話。

「耶～～慧芬姐，妳看！」阿昊突然指著貼在公車看板上的一首公車詩說著。「唉呀呀！慧芬姊有沒有覺得這首詩很悵然啊！」

本來不打算再理會他，但在好奇心的驅使下反覆閱讀了幾遍，實在沒什麼感覺，這首詩寫得蠻平淡的，充其量不過是首打油詩罷了！是我太沒內涵嗎？這個阿呆怎麼可能會有感性的一面。

我毫不猶豫脫口而出：「哪會啊，看起來只是首很弱的詩啊！」

「是啊，是啊！」阿昊擺出一副感傷的樣子，那模樣實在頗為欠揍。「這就是這首詩悵然的地方啊！」。

「為什麼？」我百思不解地問著。

「因為……」阿昊看起來像在憋笑。「因為悵然『弱』詩啊！哈哈～～哈～～」

我只能勉勵自己：要忍耐！要忍耐！

11

矗立眼前的是一棟破舊建築物，外牆看起來十分老舊，不禁讓人懷疑是棟危樓。自從發生命案後，阿強的父親傷心欲絕，整日藉酒澆愁，公司不久後也宣告倒閉，只留下這間空空蕩蕩的大樓悲歎著。

由於大樓早已廢棄，因而沒有任何水電，即使在白天，大樓內仍顯得陰氣沉沉。滿佈蜘蛛網的角落，彷彿一張張鬼網，等待著生人上鉤。潮濕的牆壁早已發霉，而陣陣惡臭更令人難以忍受。

我們小心翼翼進入命案現場，一路上看見許多暗紅色汙漬，究竟是鐵銹還是血跡，我實在不敢再多看幾眼。

「啊！小心！那裡很滑！」

在三樓往四樓的樓梯平台我突然拉住阿昊說著。

「耶～～妳怎麼知道？」阿昊露出一副不大相信的表情，並走過去試了一下。

「哇喔，真的好滑！」不信邪的阿昊突然揮舞雙臂，好不容易才又平衡下來。「奇怪，妳怎麼知道？」

阿昊瞇起雙眼凝視遠方並陷入沉思。

「嗯……」我乾笑一聲，並以右手食指頂著額頭生硬地說著。「這是女人的第六感！哈哈～～我神通廣大～～」

「妳……妳有病啊！」阿昊詫異地看著我，接著舉起右手食指頂住額頭。「幹嘛學我講話的樣子～～」

總覺得被神經病說有病感覺有點悲哀，不過我又是什麼時候開始，說話語調變得跟這阿呆一樣，難道是最近太常跟他混在一起？

到了四樓，眼前陰暗的長廊如同黃泉路，無法知道什麼時候會衝出意想不到的怪物。

阿昊蹲下並仔細檢視四周，在積滿灰塵的地板上，我彷彿看見一具身首離異的女屍倒臥在地，而滾落一旁的頭顱，正死不瞑目瞪著我。

又走了若干步，愈來愈接近那詭異的417室。

「等一下……」阿昊轉身在417室對面的牆壁搜尋著。「嗯……停電通知。」

阿昊用手壓住牆上已快掉落的破舊紙張，上面隱隱約約寫著「停電通知」四個大字。剎那間，我感到邪氣逼人，前男友筆記內的情景，一幕幕在腦海內不斷浮現。

踏進417室，確實感到一股莫名的顫慄。室內滿是臭味，而且是一種類似屍體腐爛的臭味。所有物品都鋪上一層厚厚的灰塵，只有一道微光從破掉的毛玻璃照射進來。天花板的橫樑處，有條老舊童軍繩左右搖擺，彷彿可以看見一具男屍垂吊其上。寒意強襲而入，我的雙手下意識緊抓著阿昊的手臂。

阿昊翻著室內的物品並在音響前佇立許久，沿著音響插頭找去，發現插頭並沒有插在插座上。阿昊重回音響處，並將音響翻了過來，打開電池閘，裡面的電池早已生鏽，而溢出的電池汁液更已乾涸。

「嗯……」阿昊抬頭望著天花板陷入一陣沉思，接著拿下牆上時鐘，上面顯示兩點二十五分。翻開一看，發現沒有電池，但懸掛時鐘的牆下卻有一顆生鏽的電池。自從進來搜查開始，阿昊就變得相當嚴肅，不時流露出一種專業的感覺。

阿昊看著破舊的垃圾桶，裡頭空無一物，接著開口說著：「嗯……之前找到的報導，說阿強本身就有服用安眠藥習慣，而在命案現場垃圾桶內找到的一包藥裡，經過化驗後竟發現含有致命毒藥。」

我感到相當震驚，有著一股說不出的詭異，但緊張的情緒卻又使我無法思考。

搜查完417室後，阿昊帶著我重回黑暗的長廊。

「最後，看一下這道鬼門吧！」阿昊的這句話使我心跳莫名加速，抓著他手臂的雙手不自主地抓得更緊，有種想要阻止他開門的衝動。

阿昊往門把一拉，但什麼事也沒發生。

「啊！」阿昊使盡力氣又是一試，想不到門把竟被拉斷。「唉呀呀！這下可糟了。後面到底藏有什麼？」

突然間，門縫下滲出大量暗紅色液體，而且越滲越多。

「啊！」我驚叫出來。

原本還很鎮定的阿昊，神情突然變得相當慌張，用力拉住我的左手並急促地說著：「快跟我走！快！再遲就來不及了！」

12

一路上根本不知道發生何事，完全沒有回頭的勇氣，在阿昊的牽引下我幾乎是閉著眼睛跑出那棟大樓。

現在我們兩人雖然已經脫離那棟恐怖的廢棄大樓，即便是在熟悉的校園湖畔緩步前進，我依舊還是驚魂未定。

夕陽西沉，又是一個恐怖黑夜的來臨。

「那個……那個剛剛到底發生了什麼事？」我心有餘悸地問著。

不過阿昊好像沒有聽見，我拍了他一下。

「啊……什麼事？」阿昊一臉疑狐看著我。

「我說，剛剛到底怎麼了？為什麼要那麼急著逃跑呢？」

「喔……因為我看到滲出了那灘液體，想到門後應該是……」阿昊欲言又止，讓我身體不禁抖了一下。「妳想想看，為什麼會有那麼多鐵銹水？」

我搖搖頭，不過聽到原來那是鐵銹水，倒是鬆了一口氣。

阿昊繼續說著：「會有那麼多鐵銹水，是因為門後面就是室外，長期受到風吹雨打，積了很多鐵銹水，而鐵門被我一拉震動到，就通通流了出來。」

聽完阿昊的解釋，我面露無奈地說著：「如果是這樣直接跟我說就好，幹嘛要這樣裝神弄鬼，還拉我逃跑！」

想想這個阿呆真的很可惡！

「喔……那是因為……」阿昊竟然還露出一副無所謂的模樣說著。「我們進大樓之前，並沒有看到接在大樓外面的逃生梯，所以我推測也許是只有連接三、四樓的室外逃生梯，或是逃生梯

一、二樓部分已經損壞斷裂。總之在大樓附近有視覺死角，所以才看不到。由於天色漸漸轉暗，我怕再遲就會因為太暗而看不到，才急急忙忙拉妳跑出大樓，到更遠的地方查看全貌。不過跟我推測的相差不遠，那棟大樓二樓有個小平台，鬼門後面就是一座連接三、四樓的室外逃生梯。」

「既然只是這樣，你這小子幹嘛這樣嚇我，一路上悶著都不說話，哼！」我輕輕地敲了一下這個阿呆。

「那是因為惡鬼快要現形了！」

「什麼意思？」聽到「惡鬼」兩字，我有點嚇到，不自覺往他靠了過去。

「嗯……」阿昊以右手食指輕按額頭說著。「T大情殺案，由於年代已經非常久遠，都只是我的猜測。不過關於慧芬姊宿舍的鬧鬼事件，我想惡鬼就快要現形，或是說早就現形了。」

儘管阿昊說得振振有詞，我還是愈聽愈糊塗。

「慧芬姊～～」阿昊突然把左手搭在我肩上，並苦口婆心地說著。「就像我之前說的，鬼魂不會隨隨便便害人。我之所以早上堅持要帶妳去見前男友，是想讓妳再多考慮一下，要不要跟我說出實話。妳不配合，我永遠也不知道惡鬼的動機。」

阿昊雙眼炯炯有神，好似可以看穿一切。

我撥開阿昊搭在我肩上的手，轉身望向湖面。

微風吹來，湖面浮起陣陣漣漪。

「如果我的心境能夠那麼平靜就好！」我自言自語著。

回想這幾天，如果不是遇到阿昊這個阿呆，有事沒事就這樣逗我、鬧我，搞不好現在也跟前男友一樣住進療養院。

我有點不好意思地低頭說著：「你這傢伙雖然總是一副漫不經心的樣子，其實跟你在一起，卻有一種說不出的自在感。」

這幾年磨下來，以為自己的撒謊功力早就爐火純青，雖然也不喜歡這樣，為了保護自己而一再撒謊，不過想不到遇到這種瘋瘋癲癲的人反而沒輒。

我考慮了一下，還是決定說出我隱藏多年的祕密。

「其實……」我凝視著遠方說著。「我知道T大情殺案的余鈺玫這個人，我也認識阿強，畢竟阿強是我前男友的密友。余鈺玫就是那個讓我跟前男友分手的第三者。」

望著眼前昏暗的景色，我閉起雙眼。

張開眼睛望向湖面，我勉強擠出笑容繼續說著：「一開始，一個自稱是余鈺玫的人說是我新室友搬了進來，我也很訝異，可是長得跟印象中的余鈺玫並不一樣，只當作是同名同姓的巧合，沒有多想什麼。其實，我的確不是什麼好女孩，因為我確實是做了虧心事。」

阿昊只是神情專注地聽我說著。

「唉……」我輕嘆了一口氣，捏著衣角說著。「我對余鈺玫這個破壞者當然非常不滿。原本以為余鈺玫沒有男朋友，在我發現她是背著她的男朋友阿強與我前男友交往時，我更無法原諒他們，但也覺得逮到了一個報復的好機會。在ＢＢＳ上申請了一個新ＩＤ，接著寫信把這件事告訴阿強。然而做了這種報復行為後，說真的並沒有感到比較快樂。之後我就退出他們之間的恩恩怨怨，直到有一天才在社會版看見他們的新聞。」

我垂下雙眼，一時之間不知道該再說些什麼。

來回走了幾步，我語帶哽咽地說著：「也許，整件T大情殺案，我要負起很大的責任。」

「喔……」阿昊眼神閃亮地說著。「那麼我總算了解惡鬼的動機，應該是為了報仇。現在只剩惡鬼如何出現的謎題沒有解開了！所謂『完全犯罪』就是完全不留任何證據的完美犯罪，但即便如此，世界上號稱最完美的謀殺案，最後還是被偵破了。倒是這次留下一堆證據的鬧鬼事件，反而沒辦法用科學工具加以輔助。」

「這是什麼意思？」我輕皺眉頭問著

「因為鬼魂犯案已經超出科學範圍，科學儀器本來應該派得上用場，但是這惡鬼厲害的地方，就是不對妳做任何肉體上的傷害，只對妳做出精神上的折磨。」

對於阿昊的這番解說，我還是完全無法理解。

阿昊不再開口，換來的是一陣靜默強襲而入，而我只是並肩跟在阿昊身旁，兩人繼續在湖邊散步。

過了一段時間，我才打破沉默開口問著：「我有個疑問，你為什麼一直『惡鬼』來，『惡鬼』去？你不是打從一開始就不相信有鬼嗎？」

「耶～～慧芬姊，話不能這麼說。」阿昊表情認真地反駁著。「我哪有說過我不相信有鬼，這世界上當然有鬼啊！」

接著阿昊拿出手機開始查看，不一會兒又突然轉頭看向我。

「妳……妳……」阿昊雙眼愈睜愈大，並用陰沉而詭異的語氣說著。「有沒有覺得……妳背後……越……來……越……重……」

經阿昊這麼一說，我倒真覺得背後愈來愈重。

我心跳加速，全身發出一陣冷顫，並戰戰兢兢緩緩回頭。

原來剛剛阿昊拿出手機只是為了轉移我的注意力，然後再偷偷把另一手壓在我背包上。

「廖凱昊！你真的很無聊耶！」我對阿昊重重甩了一巴掌。

經我這麼一擊，阿昊的手機飛了出去，整支手機應聲爆開，連裡面的電池都掉了出來。

我氣急敗壞大聲叫著：「你不相信我就算了！有必要這樣愚弄我嗎？」

阿昊面無表情拾起手機，盯著內部主機板陷入沉思。

雖然不知道他在想些什麼，但突然覺得這樣對他是不是太過分了。

其實阿昊也沒什麼惡意，也許只是想開個玩笑緩和我緊張的心情。

我滿懷愧疚想要道歉，這時阿昊突然眼睛一亮大聲嚷著：「我懂了！我懂了！」

阿昊興高采烈地歡呼著，隨後把我緊緊抱住並興奮地說著：「慧芬姊，妳是天才，妳是天才！我們去抓鬼吧！」

捉鬼令
急急如律令！所有鬼跡魅影
皆已浮現。或許您心目中的惡鬼
早已現形！大膽假設，小心求証
！惡鬼就在登場人物
中！

13

眼前這一幕真讓我哭笑不得，明明就跟阿昊說過男生晚上不能進女生宿舍，但他卻堅持一定要來。詢問他要怎麼進來，卻反問我：「慧芬姊，妳幾腰啊？」

結果一個身穿女裝的男子就在我寢室內走來走去，由於我身型較小，衣服尺寸並不是很大，阿昊穿起來根本是緊身衣配迷你短裙。

上衣的粉紅大愛心看起來快被撐破，裙子的拉鍊則有種快要爆開的感覺。不過阿昊竟然塞得下我的裙子，是不是意味著我該減肥了。

馨婷與曉萍在一旁忍著不笑，看起來十分痛苦。

「咳……咳……」阿昊以凝重的口吻說著。「各位小姐，要慎重啊，再來的通靈儀式可不是開玩笑的。惡鬼，等會兒就要現形！」

簡直是睜眼說瞎話，穿成這樣教我們怎麼可能慎重起來！

阿昊拿著一炷香在寢室內四處遊走，並不時閉起雙眼口中念念有詞，看起來有模有樣，現場氣氛隨之凝重起來。馨婷與曉萍臉上的笑容也頓時消失，寢室內瀰漫著說不出的詭異，沒人能預測阿昊的下一步。

「喝～～～啊啊～～～」阿昊突然睜大雙眼，用台語大聲叫囂著。「ㄟ～拜請～～拜請拜請～～東海岸～～西海岸～～北投西帽山～～鶯歌出土炭～～草山低勒出溫泉～～」

在場的所有人都瞠目結舌，而我更是突然湧上一股強力的昏厥感。

這個阿呆到底在想什麼？竟然唱起黃克林的「倒退嚕」。

「拜請～～拜請～～拜請三太子～～～～」

阿昊裝著乩童般的尖銳語氣，劇烈地搖頭晃腦，左腳還不停踏地，身上的「迷你短裙」飄起，內褲露出都不自覺。

「哎呀呀呀～～～～哇係三太子啊啊啊～～～～」

阿昊想刻意裝得兇神惡煞，可是看起來卻很白癡。

如果等一下阿昊突然叫著「這不是肯德基！這不是肯德基！」的廣告台詞，我也不覺得意外。

雖然我不喜歡閱讀推理小說，也不喜歡懸疑片，但就我接觸過的印象，劇中的偵探不都個個正經八百、帥氣十足。為什麼眼前這個人可以這麼智障，真的徹徹底底敗給他！

「王～～馨～～婷～～哎呀呀呀呀～～～～」阿昊還是自得其樂裝著乩童口音，真的很想求他不要再演了。「妳說妳之前陪朋友余曉萍去廟裡收驚是吧～～～」

「是啊！」馨婷的表情明顯是在憋笑，接著她重複敘述收驚師傅的那一段話。

「哎呀呀呀呀～～」阿昊聽完之後叫了起來，雙手扶著肚子痛苦地說著。「這件裙子怎麼那麼緊～～我三太子的肚子好痛啊～～」

曉萍已經顯得相當不耐，生氣地說著：「你可不可以不要再裝神弄鬼，好好把你想說的話說完，不然我要走了！」

「嘖嘖……不早說喔！我演得好累喔！」阿昊突然鬆了一口氣。「裝神弄鬼很討厭是不是啊，我就是在等妳說這句話！」

阿昊眼神突然亮了起來，正經八百繼續說著：「那妳為什麼還要這麼做！曉萍，還是該叫妳鈺玫？」

我不明白阿昊在說什麼，但發現曉萍的表情變得十分僵硬。

阿昊繼續說著：「這件案子其實非常普通，打從一開始我就不覺得是什麼鬧鬼事件。這世界上固然有鬼，但只存在你我心中。人總是以片段記憶，甚至加上不是親身經歷的傳聞，做出對事情的判斷。一旦心中形成成見，就很難再有改變。如果一開始就從『人為』角度切入，一切就變得相當明瞭。慧芬姊，妳消失的神祕室友不是別人，便是妳眼前的這位！」

阿昊指向曉萍，但她只是沉默不語。

「呼……」阿昊深吸了一口氣。「靈異事件遠遠超出科學領域，人們無從解釋，反而引發了無限的想像空間。而曉萍妳便是利用這點，假裝慧芬姊的新室友住進這間寢室，之所以還要先相處一陣子後才實行這個計畫，是為了先取得信任。正如我剛剛說的，成見一旦形成，就很難再有改變。妳便一再利用這種『扭曲的信任』實現陰謀。」

「哼……」曉萍顯得相當不服氣。「有什麼證據證明我在裝神弄鬼，我從小就有陰陽眼，不相信就算了！」

阿昊不為所動，依舊沉穩地說著：「有沒有陰陽眼不是重點，重點是那天妳在樓上走廊遇見我們的反應太不自然！」

「我就說過我不認識你們啊！」曉萍皺眉說著。

阿昊向前走了幾步，接著繼續開口：「沒錯，依照妳的戲碼排演下去，是不該認識。但妳之前以假室友身份住進這間寢室，早就認識慧芬姊。在妳假裝不認識慧芬姊的情況下，那天她呼喊妳，妳也不能有所回應。但慧芬姊那次情緒過於激動大叫出來，連周遭都有人出來一探究竟，近在前方的妳卻一點反應也沒有，除非妳真的是聾子，不然不覺得妳自己演得太過火了嗎？」

「你想說的就只有這樣嗎？」曉萍顯得相當不以為然。

阿昊也不甘示弱回應著：「當然不止！在我得知余鈺玫是妳姊姊時，回想起當天妳的反應，更覺得非常矛盾，使我不得不對妳起疑。有人喊著自己親人的名字，妳卻繼續假裝不認識。一般人都會對熟悉的名字特別敏感，妳這樣的行為反倒令人匪夷所思。」

「就這樣嗎？如果我說我沒聽到不行嗎？」曉萍惱怒地說著。

「對啊！」一旁的馨婷突然插了一句。「而且收驚師傅說的話你要怎麼解釋？」

「妳有親耳聽到嗎？」阿昊轉向馨婷問著。「妳不也只是聽曉萍轉述！因為妳信任她，所以妳對她的話從來就不懷疑！」

面對阿昊這樣質疑，馨婷啞口無言。

這時換成曉萍開口質疑：「那慧芬接到自己門號打來的電話又該怎麼解釋！」

阿昊拿出手機開始撥打，不久後馨婷手機響起悅耳的鈴聲。

「啊……這不就是我的門號嗎？怎麼會這樣！」馨婷盯著來電顯示驚叫著，一定是阿昊之前跟她借手機時動了什麼手腳。

阿昊露出淺淺一笑繼續說著：「那天晚上，曉萍先是說了很多鬼故事增加恐怖氣氛，之後趁著慧芬姊洗澡時，不但把她手機動了手腳，又去關掉共同浴室的電燈開關。接著佯裝洗澡，其實是去撥打那通嚇人電話，又在總電源處把三樓電源全部切掉，等慧芬姊遠離寢室後再恢復電源，接著跑回寢室把她的手機復原。所以明明是去洗澡的曉萍，卻反而從反向的寢室出來。」

我突然想通一些疑點難掩興奮說著：「我知道了！她是不是把我手機中她號碼的來電顯示名稱直接改成顯示0910那支電話！」

本以為我已自行解開謎題，沒想到阿昊卻冷冷回應著：「如果是這樣，通聯記錄應該是妳接到電話，不是妳撥打出去。而且如果妳手機的來電顯示是『名稱跟號碼』同時顯示的話怎麼辦？這是一個規劃很久的陰謀。余鈺玫往生到現在也已經兩年，而她的手機至今還可以使用，代表著這段期間仍有人幫她繳費。誰能繼續幫她繳費？那要看帳單寄到哪裡！」

阿昊瞄了曉萍一眼才又繼續開口：「為什麼要這樣大費周章？為的只是要讓那張SIM卡還能使用！」

SIM卡？我不太懂這跟SIM卡有什麼關係？

阿昊拆開自己的手機，將SIM卡拿了出來，並對馨婷說著：「馨婷同學，還妳吧，這是妳的SIM卡！」

看到阿昊這個動作我突然明白曉萍是如何辦到的。

歸還SIM卡後，阿昊繼續說著：「因為我跟馨婷手機是同一家電信公司，所以SIM卡就算交換，手機顯示的電信業者也不會改變。0910與0928都是中華電信，所以那天慧芬姊SIM卡被掉包後也沒察覺。因為絕大部分的人並不會對SIM卡特別設定密碼，幾乎都是預設密碼0000，拆換SIM卡倒也不會遇到太大的障礙。而SIM卡拆下重新裝回，之前的通話紀錄都會消失，這也是為何那晚慧芬姊通話紀錄會全部消失的原因！」

阿昊轉向曉萍說著：「這陰謀最厲害之處，不在沒有留下證據，反而是處處留下證據，舉凡這間寢室、四樓總電源處、慧芬姊手機內主機板，到處留有曉萍指紋，但卻沒有關係！因為這陰謀只做精神折磨，不做肉體傷害，永遠不可能動用到警方前來採集指紋！」

曉萍僵硬地笑著：「所以我打死不承認，你也不能拿我怎麼樣嘍？」。

「是不能怎樣沒錯！」阿昊點點頭。「我可以把慧芬姊手機內部拿回我家採集指紋，或去調查余鈺玫手機帳單是誰在繳款……太多方式可以找出是誰做的。就算證明出是妳做的，妳也可以謊稱這一切是被鬼魂附身，不是出於自己的意志。但打從一開始就沒有要妳承認的意思，因為妳並沒有做出任何犯罪行為，最多只是惡作劇，就算承認也不會受到什麼制裁！」

曉萍沒有回應，不過臉色早已變得十分慘白，絲毫沒有一點血色。

「唉……」阿昊環顧四周接著嘆了一口氣。「有什麼心結就應該要解開！這樣每天在良心邊緣掙扎著，真的會比較快樂嗎？」

阿昊對著我與曉萍說出了這句意味深長的話，我感到相當震撼。

「因為……因為……」曉萍欲言又止。

四周一片死寂，時間彷彿是靜止的。

14

「有什麼心結就應該要解開！這樣每天在良心邊緣掙扎著，真的會比較快樂嗎？」

阿昊這句話，這三天不斷在我腦海中重複著。
「惡夢……真的結束了嗎？」我不斷思索著。
謊言、虛詐、騙局……。
——這兩年以來，什麼時候才是真誠的自己？
繁星閃爍的夜晚，涼風格外怡人。在這個七夕夜裡，成雙成對的情侶隨處可見，各地洋溢著甜蜜的幸福。
遠遠望見阿昊跑了過來，一改往常邋遢氣息，經過打扮後變得十分清爽。
「嘿！你這小鬼遲到很久耶！」我嘟嘴埋怨著。
「嗨！慧芬姊！」阿昊雖然語氣輕快，但表情卻有些緊張。「曉萍對我吐露動機了，讓我對案子有了新的看法，這幾天又重新調查一番。」
阿昊說完把頭別了過去，不敢再正視著我。
「別說這個了，你特地約我出來要做什麼？」我羞澀地問著，為了掩飾不安，假裝整理身上的新衣服。
阿昊不發一語牽起我的左手，十指交扣，那種說不出的觸感，已經是很遙遠的記憶了。
我羞澀地低下頭去並小聲問著：「你……你要帶我去哪裡玩啊？」
遲疑了一段時間，阿昊這才開口：「警察局！」
我想這恐怕又是「廖氏玩笑」吧！

「為什麼呢？大偵探！」我語帶戲謔地問著。

「因為……」阿昊欲言又止，只是凝視遠方陷入沉思，停頓了好一會兒，最後總算開口：

「慧芬姊，去自首吧！」

我不懂！我真的不懂！不是不懂他這句話的涵義，而是真的無法明白這個阿呆怎麼這麼厲害！

魂錯

□　十二月〇日

深冬的夜裡，整個城市昏昏欲睡。平時喧鬧的場景，在尖峰時刻過後，顯得格外冷清，伴隨的只有攝氏十度的冷空氣。

偌大的校園中，孤獨的身影裡，眼前所見，只有朦朧的夜影。她，不該是寂寞的。漫步在冷清的大道上，小玫此刻感到無比的孤寂。眼看大學四年就要結束，究竟得到了什麼？又失去了什麼？

回首過去單純的時光，懵懵懂懂卻不迷失自我；隨著年齡增長，歷練越來越多，反而更覺得迷惘。

「這樣真的好嗎？」小玫抓緊圍巾，感傷地思索著。

宿舍門口有位男子，穿著整齊，雙手擺在嘴邊呼氣取暖。

「小玫！」男子突然開口。

小玫百感交集，眼前這位就是男友阿強的多年摯友李文宇。當年在阿強與文宇兩人同時追求下，小玫最後選擇與阿強交往，文宇看似很有風度直接退出，但此後三人卻維持著詭譎的友情。

「這麼晚了，有什麼事嗎？」小玫顯得有些冷漠。

「妳怎麼都不接我的電話？我只是想見見妳！這學期醫學院的課很重，每天都過得非常緊繃！」

「你應該去找學妹，不該來找我！」小玫只是冷冷回應。

「唉……」文宇嘆了口氣。「我女朋友真的太單純，又愛鬧彆扭，一點也不成熟！說什麼她都不懂，整天哄她真的很累，還是妳比較瞭解我。」

「我跟你說過幾遍，我有男朋友了！」小玫不悅地說著。「就算他正在當兵，我也該有我的分寸！你不覺得我們見面次數太頻繁了嗎？你想背著你的拜把交做什麼壞事？而你到底是存著什麼心態跟學妹交往的？」

話才說到一半，小玫的手機就響了。

「喂，阿強喔！……是啊，我回宿舍了。……哈哈，你要小心一點，千萬不要頂撞長官啦！……嗯，我會保密的啦！……」

看見小玫笑了出來，文宇卻露出嫉妒的眼神。

「……天氣那麼冷，你也要注意保暖啊！……我……」小玫瞄了文宇一眼。「……旁邊沒人啊！……好啦，不要想太多。……你也早點休息啦。」

掛完電話後，小玫臉上笑容頓時消失。

一直在旁冷眼觀看一切的文宇在小玫結束通話後隨即開口：「如果妳真的只把我當普通朋

友，為什麼剛剛又要騙阿強旁邊沒人？」

小玫沉默不語，回想著剛剛電話中阿強叫她保密的那件事。從前陣子開始，阿強就常跟小玫討論，要如何幫文宇過個不同的生日。由於文宇生日通常都在農曆七月，因此阿強想要嚇嚇文宇，給他一個永生難忘的驚喜。即使在軍中受著苦，阿強仍對摯友念念不忘，而自己又在做些什麼？小玫感到相當愧疚。

「難道我真的比阿強條件差嗎？真的就不能接受我嗎？」文宇苦苦哀求著。「好歹我以後也是個醫生，我絕對會讓妳過得幸福。為了妳，我可以馬上跟學妹分手，真的！」

「我……我不能接受。」小玫低頭說著。

對阿強的愧疚與不安，彷彿是一股隱晦卻又不容忽視的暗流，在小玫心中盪漾著。但在文宇溫暖的臂彎之下，小玫卻也不願意再多想什麼，只是默默接受文宇的溫柔與擁抱。

「阿強那邊我一定會解決，學妹更沒問題。」文宇輕柔地哄著。「我一路這樣苦拼上來，沒有遇過我辦不到的事。相信我，我一定會讓阿強跟妳分手！」

文宇邊說邊露出了詭異的笑容，但懷中的小玫並沒有察覺。

「相信我，我一定會給妳幸福！」文宇繼續詭笑著。

□　二月〇日

天空飄著細雨，使天氣更為溼冷，但情人的熱情卻融化了冰寒。為迎接難得商機，各個店家無不卯足全力販售各項應景商品。熱鬧非凡的台北東區，在五彩燈火裝飾之下，瀰漫著浪漫的氣息。

「唉……妳也不是不知道，我今天怎麼可能抽身陪妳。」文字在街頭講著手機。「……妳什麼時候也變得那麼任性…………好啦！我會趕快解決這邊再去找妳啦，乖喔！」

文宇掛斷電話後，一個綁著馬尾的嬌小女生，慌慌張張從對面跑了過來。

「啊，文宇，抱歉，抱歉，我來晚了！」女孩笨拙地把精美紙袋藏在身後，不過文宇早就瞄見這一舉一動。「那麼甜蜜，在跟誰通電話啊？我打電話都不回喔，醫院那麼忙，還是在跟誰偷情？」

女孩說完俏皮地裝出吃醋的怪表情，文宇只是笑了一下沒有回應。

文宇看到她對自己依然那麼熱情，突然相當同情仍被蒙在鼓裡的女友慧芬。

慧芬挽著文宇右臂，開心地又蹦又跳，並以撒嬌的口吻說著：「要去看電影嗎？看哪部，看哪部！」

「嗯，等一下！」文宇在一家藥局門口停了下來。「我想看點東西。」

「呀喲！」慧芬嘟嘴抱怨著。「連出來約會都對醫學念念不忘，真受不了你耶，大～醫～

師～」

在安眠藥區文宇駐足不前，拿起一瓶瓶藥罐比較著。

「啊！你有睡眠煩惱喔！」慧芬驚訝地問著。

文宇別過頭去，原本女友可愛的臉蛋，竟然有一種說不出的厭煩。

「妳看，這些藥丸外型看起來不同，其實都是安眠藥。」文宇敷衍著。

「跟我講這個幹嘛，我又不懂醫學還是藥學的。快走啦，去看電影啦！」慧芬想要趕快離開催促著文宇。

經慧芬這麼一說，此時文宇靈光一現，一般人無法從藥物外型看出實際成分。如果在阿強來自己打工的診所複診配藥時，特別算好在自己取得不在場證明那幾天的藥包動手腳，或許就能成功瞞過。像是睡前那包藥的幾顆藥物，把膠囊內的藥粉換成「致命毒藥」，密封的膠囊並不會在藥包內留下粉末。機器分裝的藥包為一線型，無論從哪一頭開始撕下吃起，中間被掉包的藥一定會在特定期間內吃到。事發後再向警方揑造，阿強有著精神疾病，常有厭世的念頭。這樣一來就可以在取得「不在場證明」下，將阿強偽裝成服毒自殺。畢竟和小玫偷情的事還沒人知道，殺他的動機並不成立。一旦阿強除掉後，就能名正言順和小玫交往。

「看哪部，看哪部！」慧芬打斷了文宇的思緒。

文宇查了一下記事本，接著對慧芬說著：「嗯，其實剛剛那通電話是教授打來的，要我去實驗室一趟。今天恐怕不行，真的很抱歉！」

慧芬顯得相當失望卻又帶著氣憤：「不是早就約好了，怎麼可以這樣，我不管，我不管！」慧芬拉著文宇的衣角不停吵著。

面對女友的彆扭，文宇厭煩地別過頭去，似乎一點也沒有想要安撫慧芬的意思。

慧芬見狀也只好神情黯然妥協著：「唉，難得的情人節，怎麼有教授那麼變態，不過這也沒辦法。去吧！大～醫～師～」

慧芬才剛說完，文宇便毫不猶豫轉身就走，慧芬連忙把他拉著：「等等……這是我一點小心意。」

從慧芬手中接過精美紙袋，打開一看，是一盒不怎麼精緻的巧克力。

「那個……我第一次做巧克力，不知道好不好吃？」慧芬羞澀地說著。「希望你會喜歡。那我自己去逛街啦，情人節快樂！」

慧芬說完擠出笑容揮手道別，卻無法掩飾內心的難過。

與男友分別後，慧芬坐在長凳上嘆息，並從背包拿出一條圍巾把玩著。

那是慧芬花了將近半年的時間所打的手織圍巾，經過多次失敗終於有一條比較像樣的作品，不過後半部還是明顯歪掉。也因為如此，在去年聖誕夜那天沒有送出。

本來慧芬鼓起勇氣想在今天送出，卻又臨時退縮。反覆思考後，慧芬還是決定親自去醫學院宿舍補送給文宇。

等待的時間總是漫長的，慧芬在醫學院宿舍前已經枯等了三個小時，感覺全身都快凍僵，只好緊緊抓著手織圍巾取暖。

終於，她等的那人出現了。

「嗨……」本來興高采烈的慧芬，卻突然發不出任何聲音。她發現文宇正與一名陌生女子手牽著手，有說有笑走了過來。

萬般情緒朝著慧芬襲擊而來。

「李文宇！我們結束了！」慧芬思緒混亂無法思考，對著眼前男女吼著，並把圍巾奮力朝文宇扔了過去。

此刻慧芬淚流滿面，終於明白什麼是心碎的感覺。

□　六月〇日

「人的信任可以被任意玩弄嗎？」阿強憤恨地想著。

適逢當兵休假的阿強，在４１７室內用著電腦。檢視ＢＢＳ信件，越想越覺得不能原諒那兩人。要不是有個陌生ＩＤ寫信告訴他一切真相，恐怕到現在都還被蒙在鼓裡。雖然一開始也不相信，但經過長久觀察後，真的發現這個驚人的事實。

阿強反覆看著這幾個月的信件紀錄。

To: evilghost

From: astrongman

好在有你的提醒，不然到現在我都還被蒙在鼓裡。我決定要向那兩人報復，我已經想好周詳計畫。原本是要幫那賤男人慶生用的，但現在我只想讓他痛不欲生。我要在農曆七月扮鬼嚇他，不只這樣，我要小玟跟我一起嚇他。要怎麼拉攏小玟，我也有點苦惱，不過依照小玟優柔寡斷的個性，賤男人能從我手中把她搶走，我也一定能離間回來。認識那麼久，我對賤男人個性瞭若指掌，我一定要把他嚇得半死！

計畫是這樣的，首先我會在農曆七月，選擇一天晚上邀他來４１７室住，先跟他捏造一個鬼門的靈異故事。接著再製造一些靈異效果，像是用音響播放恐怖歌曲，然後不要承認；音響使用電池，但故意加裝電源線，讓他以為沒插插頭還能播放。趁他不注意把時鐘的時間亂調，當然會先把他手錶偷走。

再來就是讓小玟配合鬼門故事，在門外不停敲打、按門鈴。趁那男人進來室內後，去貼上停電通知，讓他事後錯以為之前室內明明沒電卻還有著冷氣。

最後就是假裝從鬼門出去陰間報到，其實那鬼門是連接三、四樓的室外逃生梯。從逃生梯鐵門出去後便鎖上，並從逃生梯跑到別層樓，再趕快跑回三、四樓間的樓梯平台。在這之前會先把那裡的樓梯加工，讓那男人在一開始來時就先在那裡滑倒。這時再趕快換上從那男人身上偷來的衣物，戴著跟他髮型類似的假髮，假裝趴在平台，讓他誤以為這一切是之前滑倒後，靈魂出竅而經歷的靈異事件。先前讓小玫也假裝去鬼門報到，等那男人要逃離這裡時，再從鬼門出來，跟在後面。等他發現穿著他衣物的我趴在平台，再讓跟在身後的小玫給他重重一擊使他昏倒。

整個計畫也許漏洞很多，不過關鍵還是在小玫願意合作。該怎麼讓她合作？我會想辦法在這幾個月內搞定！騙她說我只是要嚇嚇那男人，嚇完後就會跟他合好，讓妳們兩個在一起之類的。不知道這樣行不行？等整件計畫完成後跟她說，其實我是騙她的，讓她嚐嚐被騙的滋味，再把她殺害。這個背叛我的女人，我絕對不會原諒她！最後我再自殺，讓那男人以為真的遇到鬼！殺害小玫的兇器還要沾滿那男人的指紋，當然我的自殺也要嫁禍給那男人！但我不會殺掉那男人，我要讓他痛苦活著！

阿強檢視這幾封信件內容，內心充滿著仇恨。不知道從什麼時候開始，每星期與「惡鬼」通信已成為他內心最大的慰藉。

瞥見一旁的門診藥包，一想到是那男人配的，阿強氣得直接丟進垃圾桶。也許不用藥物控制，以後會做出什麼驚人舉動也不一定，但阿強決定從今以後再也不吃這些藥了！

有精神病的是李文宇那男人，自己怎麼可能有病！

阿強突然念頭一轉，為了讓計劃能夠順利，不讓那男人察覺有任何異狀，還是必須按時複診，但是那男人親手調配的藥物他再也不會吃了！

看著時鐘，已經快要中午十二點，阿強想起與小玫的約定，匆匆忙忙地趕往離別以久的大學母校。

艷陽高照，萬里無雲，是個適合拍照的好日子。今天是T大畢業典禮，小玫全家都來祝賀。

「曉萍，妳在發什麼呆啊！快來照相啊！」穿著學士服的小玫說著。

「沒有啦！」曉萍反駁著。「姊，從剛剛我就覺得有個女的一直在遠方瞪著我們！」

「妳這笨妹妹，別跟我說妳在大白天也有陰陽眼！」小玫有些不悅地責備妹妹。「就叫妳不要那麼愛看鬼故事，神經錯亂了喔！認真唸書啦，不是也想考上T大！」

一旁的文宇不耐煩地催促著：「唉呀，別管這個啦！大家快來照相吧！」

這時阿強的身影從遠方慢慢浮現。

「嗨！好久不見！」阿強裝作不知那兩人偷情的秘密，輕快地打起招呼。

阿強與文宇一見面便熱情擁抱著，兩人壓抑著內心的濃濃殺意，笑意之下各懷鬼胎。

□　八月〇日

此刻慧芬驚魂未定，在417室的長廊前掩面啜泣。完全無法理解仇恨竟使自己做出這種傻事。與文宇分手後，生活頓失重心，自從與阿強通信，生命之燈才又亮了起來。由於小玫一直不願配合演出，阿強決定先將她殺害，再由慧芬扮鬼，提著小玫頭顱走過長廊。因背叛而感到痛苦與憤怒的慧芬，經由阿強一再慫恿後，才答應參與這場謀殺計畫。

現在整個計畫完成，痛恨的第三者也已死亡，但慧芬無法明白，為何剛剛在擊昏文宇的那一瞬間，有種說不出的心痛。而小玫的慘狀，則深深烙印在慧芬腦海中，不時反覆出現。

「這裡都處裡好了！」阿強雙眼佈滿血絲說著。「兇器也弄上賤男人的指紋，妳來過的證據也都消滅了。」

阿強已將先前慧芬架在肩膀上覆蓋頭部的斷頸扮鬼道具和染血的白色連身長裙一同處理完畢。

「妳快走吧！」阿強催促著。

「我們……」慧芬邊拭淚水邊說著。「我們還是去自首吧……」

「現在自首，計畫不就毀了！妳要讓那賤男人快樂活著嗎？」阿強將雙手放在慧芬肩上。

「妳要讓他在監獄外面恥笑著我們嗎？」

「我不要走，要死我跟你一起死！」慧芬依舊哭著。

「妳這樣只會破壞計劃！」阿強勃然大怒並推開慧芬吼著。「快走，快走！那對狗男女不值得妳毀了一生。小玫是我殺的，妳只不過給了賤男人重重一擊，用不著覺得愧疚！」

慧芬依然不為所動，這使阿強更為生氣，作勢就要打人般地吼著：「妳再不走，我就把妳一起殺掉！我有精神病，不要逼我！」

慧芬全身不停抽搐，眼淚不由自主落下，在阿強的危脅下也只能緩緩往樓梯口移動。

眼看慧芬逐漸遠離，阿強這才轉頭望著４１７室，腦海中突然浮現以往與小玫和文宇的回憶片段，一股微弱的悔意在內心深處逐漸萌芽並迅速茁壯，但另一股強烈的恨意、另一個邪惡的自我，卻又令他無法不去完成已經執行的復仇計畫，更何況事情都到了這個地步，也無法挽回已經犯下的所有罪行。

橫樑上有著架設好的童軍繩，阿強回頭又看向長廊遠處，但早已遠離的慧芬並沒有察覺。慧芬一路上完全無法思考，甚至也不記得自己是如何走回宿舍，

一名女孩在宿舍門口撞見了慧芬的異常舉動。那名女孩是來台北遊玩，借住姊姊寢室的曉萍。她想起眼前這名女子，就是在畢業典禮那天看到的詭異女子。

曉萍因為一直聯絡不上姊姊，只能在宿舍門口苦等到深夜，但她並不知道，此刻姊姊已經不可能再回來了。

回到宿舍後，慧芬腦中依舊一片空白，見到床鋪就直接癱倒下去。緊閉雙眼，慧芬只覺得身體愈來愈沉重，沉重到已經不是自己的身體，意識也逐漸遠離那已然腐敗的軀體，彷彿今晚死的不是別人而是自己。

經過漫長黑夜，黎明再次來臨，從床上驚醒的慧芬，發現臉上留有兩道淚痕。她做了一個快樂的夢，夢到四人靈魂交錯。阿強高興地圍著那條歪掉的圍巾，與慧芬手牽著手，有說有笑地走著，文宇則跟小玫在一旁打情罵俏。電影院內只有他們四人，靜靜等著電影播放，四周洋溢著幸福的氛圍。

夢醒了，一切是那麼的不真實。這個夢真的就這樣結束了嗎？慧芬心裡非常明白——惡夢……現在才剛開始。

（完）

第九種結局

本篇作品是第四屆「人狼城推理文學獎（台灣推理作家協會徵文獎前身）」頒獎典禮後，依循既晴學長出的一道創作主題所完成的短篇小說。某天既晴學長突然對第四屆徵文獎入圍決選的三名作者出了一道題目，要我們以主要登場人物只有偵探、兇手及死者的限制條件來完成一部短篇推理小說。還記得既晴學長特別叮嚀這種架構的難度非常高，要寫得精采，尤其是偵探與兇手的辯證過程，就要考驗作者的功力。雖然這道練習題目印象中最後是不了了之，因為覺得這樣的限制條件十分有趣，就依循架構完成〈第九種結局〉。由於開始動筆的時間較早，〈第九種結局〉完成後距離徵文獎截稿尚有一段時間，就繼續創作另一部短篇小說〈整個社會都病了〉。寫完之後還不過癮，靈機一現又完成了〈鄉民偵探團〉。所以在第五屆「人狼城推理文學獎」一口氣就投稿了三部作品，也顯示學生時代的最後一年，日子其實過得非常優閒，呃，不，是個人創作力相當旺盛的一年。

〈鄉民偵探團〉因為格式特殊，初選就被淘汰其實並不意外，不過後來這篇小說在「台灣推理夢工廠」及ＰＴＴ連載刊出後，竟意外成為網路人氣BBS推理小說，還曾被「犢報（READ PAPER）」特別撰文報導介紹。剩下兩篇投稿作〈第九種結局〉及〈整個社會都病了〉，事後聽協會前輩轉述才知道，當年要決定入圍決選的三篇名單，這兩篇作品竟出現了自己和自己ＰＫ的有趣情景，究竟該選取哪篇進入決選，也讓複選評審傷透腦筋。最後由〈第九種結局〉入圍決選，而〈整個社會都病了〉雖然不幸落選，但因為出版社對這篇故事也有興趣，後來就擴充成中篇小說《謊言》另行出版。

〈第九種結局〉因為主題條件的限制，在謎題設計上需要反覆斟酌，還得不時回頭修改，但在詭計細節底定後，最後的推理過程反倒是一氣呵成直接寫完。當年徵文集出版後，男性讀者朋友對這篇小說後半段辯證過程讀來熱血沸騰，給予較高的評價，而女性讀者或許因為主角的暴力性格就顯得較不偏愛，這也算是一種很有趣的現象。本作後來也在中國《歲月·推理》雜誌刊登，發現中國讀者朋友還為這篇小說開了一個討論串，討論小說中的真兇到底是誰，而每位讀者朋友則依據各項線索作出不同的推論。究竟本作是開放式結局，還是屬於惟一解的標準答案？如果屬於後者，真兇又會是誰？這一切的謎題，作者就不多作解釋，留待有興趣的讀者朋友來抽絲剝繭。

一、

「殺人兇手！」、「警界醜聞！」、「人民保母逼死無辜少女！」這些字眼在張士源腦中不停回盪著。

士源是台北市的一名年輕刑警，專門負責網路案件，擁有豐富的電子相關專長，所以被派往各大色情聊天室偵查網路援交。高大壯碩的體格，結實的肌肉，還有滿腔的熱血，有著成為未來警界精英的雄厚潛力，但他暴躁而不穩的個性卻不得不令人擔憂。

僅僅幾天之差，這世界竟然完全改變，士源深吸一口氣，回想整個事件的來龍去脈，好能釐清案情。

前陣子觀察已久的目標「蜜兒」終於上勾，見面地點約在C大附近，但為了能夠罪證確鑿，士源假戲真作跟著女孩移動到附近的一間隱秘賓館。第一次實際偵查，讓他不得不謹慎行事。

這女孩確實是個美女。

女孩留著一頭柔順的長髮，高綁的馬尾露出粉頸令人心動，而身材更是穠纖合度，流露著一股青春氣息，年齡不過二十出頭，或該說連二十歲都還不到。但身上所穿的名牌衣物，手上所提的名牌用品，怎麼看也像個小孩子裝貴氣。

進入房間的路上，沒有遇到任何人，賓館的保密措施作得十分徹底。

「嘻！你看起來真緊張，第一次嗎？」看到士源神情緊繃，女孩調戲般說著。

這應該是職業笑容！士源這麼想著。

儘管如此，女孩的笑容卻又如此甜美，眼神中仍帶有一股稚氣，很難把她跟「邪惡」兩字聯想在一起。

「你要先洗澡嗎？」女孩背朝床上躍身一躺，接著睜大眼睛問著，雙眸變得更為明亮。

女孩外表雖然清純可愛，或許心智年齡已經遠遠超乎想像。

發現士源沒有回應，女孩從床上起身說著：「呆子，你不洗我先去啦！」

士源無法思考，以往的暴力鐵漢，為何今天變得如此窩囊，真不像平時明快的辦案風格。

見到士源依舊呆立原地，女孩解開上衣鈕釦，露出了豐滿的胸部，接著又脫去裙子，放下馬尾，披肩的長髮讓側臉更為迷人。

士源不為所動，女孩只好親自把他拉到床上，而士源僵硬的身體讓女孩費了好一番工夫才能完成。第一次遇到這麼奇怪的客人，無奈之下也只好自己開始。

她將士源壓倒在下，雙手環繞著士源的頸部。雪白的肌膚不禁令人垂涎三尺，就連不近女色的士源也受不了這種誘惑。

不行！士源內心吶喊著。儘管如此，身體卻還是無法自我。

不知道哪根筋出了差錯，士源突然怒吼一聲，將女孩推到一旁。

每當不知所措，暴躁的脾氣就會失去控制，彷彿另一個自己同時存在體內，主宰著暴力行為。士源感到頭痛欲裂，無法理解為何時常做出料想不到的舉動，每當歇斯底里發作時簡直判若兩人。若不是精神狀況從小就不是非常穩定，還有毆打犯人的不良紀錄，儘管工作能力突出，辦案能力一流，卻一直無法接任重要刑案。

「很痛耶，你幹嘛那麼討厭我！」女孩猶如受傷的小動物在一旁抱怨著，眼間流露出挫敗的神色。

士源深吸一口氣，緩和差點就要爆發的情緒，慶幸並未做出逾矩動作，但仍相當愧疚，想要上前安慰卻又非常矛盾。

「我不管，不要就算了，你錢還是要付！」女孩鬧起彆扭，直接把士源胸前的皮夾搶了過來。

「喂，別亂來！」士源還沒說完，女孩早就打開皮夾，想掏出裡面的所有家當。

下一刻動作突然停止。她發現皮夾裡的警察證件，嚇得花容失色，將皮夾拋開整個人退了回去。

過了一會兒，恢復冷靜的士源總算開口：「如妳所見，我是網路援交偵察刑警，現在知道闖下大禍了吧，妳看看妳！」

士源抓起一旁的名牌皮包，將眼前的女孩當成妹妹般責罵著：「就為了這種東西嗎？妳父母要是知道妳在做這種事會有多傷心啊！」

女孩只是欲言又止。

「好手好腳不做正當工作，妳看看妳！」士源情緒激動咆嘯著。

「警察哥哥，拜託，要我做什麼都願意，請不要抓我，拜託……」女孩靠向士源，輕搖他的肩膀，並以極細微的聲音呢喃著。

「哼！」士源將女孩推開並站了起來，表面裝得冷酷無情，其實內心卻有些不忍，但還是公事公辦。「證件呢？」

「我沒帶。」

「叫什麼名字？」士源拿出記事本冷冷問著。

「江……江芷儀。」女孩眼眶泛紅。

「念什麼學校？」

「K中。」遲疑了一下。「輟學了。」

「家裡聯絡人、聯絡電話？」

女孩沒有回答，突然雙膝跪地，斗大的淚珠不停落下，抓著士源褲管啜泣著：「警察哥哥，對不起，真的不要抓我，我是第一次……」

一聽便知是謊言，怎麼可能是第一次，第一次被抓還比較有可能。

「嗚，我以後再也不敢了……」雖然聽不出這句話的真偽，但女孩確實哭得非常傷心，令人相當同情。

士源緊皺雙眉不發一語。

「嗚，求……求求你。」女孩哭得上氣不接下氣。

士源相當心疼，一個年紀輕輕的女孩子，現在衣衫不整跪在面前苦苦哀求。女孩子怎麼可能願意讓醜態在別人面前展露無遺，不管怎麼看都很可憐。

「妳先去把衣服穿好。」士源揮手示意。

等待女孩梳洗的時間非常漫長，士源盯著自己手錶上的秒針不停走動，突發奇想將女孩手機拿了過來，並撥打自己的號碼。其實是為了取得女孩的門號，至於動機為何，自己也不清楚。

整理儀容後的女孩又恢復了往常的豔麗，但濕紅的眼眶卻令人激起憐惜之心。她低頭坐在床邊，把玩自己的衣角，盯著地上的名牌用品不知道在想些什麼。

一會兒，女孩又再次哀求著：「警察哥哥，求求你……」

「妳這是何苦！」士源氣得來回踱腳。「這樣讓我怎麼跟局裡交代！」

女孩抬頭望著士源，給人一種有苦說不出的哀傷。

「答應我，不要再幹這種事了。」士源苦心勸著。「就當我今天沒來過，釣魚失敗，回去補個頭痛的報告。」

女孩破啼為笑輕輕點頭，並露出了可愛的小犬齒。

士源將手擺在女孩肩上，語重心長說著：「不管妳是真的悔過也好，騙我也罷，人生是妳自己的，要對自己好好負責！」

接著士源從皮夾內掏出四千元準備交給女孩，令她十分驚訝。

就在女孩正遲疑要不要收下，士源卻已將鈔票塞入女孩手中說著：「不要再做傻事，好好重新自己的人生吧！」

士源說完後轉身就走，到了門邊回頭一望，女孩仍一臉錯愕坐在床邊，眼神相當惆悵，但不再帶有拜金俗氣，看起來格外秀麗，並散發一種祥和氣息，猶如翅膀受傷的天使，總有一天還能繼續在天空展翅飛翔。

——士源這樣希望著，但不知道這雙受傷的羽翼卻早已失去復原的寶貴機會。

二、

「一名未滿二十的援交少女，在賓館內上吊自殺」、「北市張姓員警涉嫌長期以暴力脅迫繳交保密費用，致使江姓少女走投無路上吊身亡」各大新聞媒體的社會頭條無不爭相播報這則警界醜聞。

手機響個不停，血淋淋上演著各大媒體「奪命連環CALL」的恐怖戲碼，讓士源的頭痛舊疾一再發作。不但上了電視，連CALL—IN節目也很應景討論起不肖員警的勒索議題，還有許多自稱專家的政客高聲發表意見。

然而這些報導根本就是子虛烏有。由於死者江芷儀死亡時全身赤裸，還有媒體寫著江姓少女疑似遭受張姓員警性侵不逞而慘遭殺害。一些記者採訪士源同事時，有些人回答：「張士源雖然脾氣暴躁了點，但為人耿直，怎麼可能做出這種事！」有些則回答：「天啊！不敢相信！跟他相處那麼久！」由於這位同事反應激動，明明還有一句「我也不相信他會做出這種事」卻被直接剪掉，而播報記者漂亮下了一個「人不可貌相」的結論收尾。

士源愈想愈氣，新聞媒體根本就是最名目張膽的殺人者，愛殺誰就殺誰，真的殺錯再來個小小的道歉啟示。

——但人都被殺死還有何用？

因為受不了記者不斷詢問「白癡」問題，士源狠狠揍了其中一人，但這下麻煩更大，得罪媒體大人，案子只會愈報愈糟。「作賊心虛，惱羞成怒」的標題紛紛出現，過去的不良紀錄全被挖出。談話性節目轉而討論員警暴力議題，更有電視節目開始模仿，旁人看了哈哈大笑，但士源內心卻很不悅，情緒幾度逼近失控。一夕之間成為全國名人，但一點也不光采。長官怕事，為了趕快平息風波，在罪證未鑿前就直接給予停職處份。

然而驗屍報告出爐後，終於有了轉機。報告顯示不排除有他殺嫌疑，推斷的死亡時間是當天下午，那時士源正在警局寫著「釣魚失敗」的悔過報告，有很多同事可以證明，而案發現場與警局有著一段距離。由於當天適逢假日，正好遇到許多大型活動，因此路況十分不佳，推斷需要大約四、五十分鐘的車程。因為這些路況而使士源無法迅速來回，而士源沒人證明的時間僅有短短三十幾分鐘，這樣的限制總算還了士源一個清白。

雖然如此，案發現場有些凌亂，好似死者生前有著激烈掙扎，且排除現場可疑指紋後，只剩下死者與士源的指紋，讓一些心有不甘的媒體，也許就是挨揍的那家，可以大做文章，還是以

「警察包庇警察」主觀意識濃厚的標題報導著。

即使重獲清白，不想惹事的長官還是不願讓士源復職，經過媒體不斷轟炸，士源精神瀕臨崩潰，主管只好非常慷慨讓他休了長假養病。但由於案情疑點實在太多，只要一天不破案，自己的嫌疑也洗刷不清，士源決定還是親自處理比較保險。

根據偵辦此案同事提供的線索，死亡時間大約在下午兩點半到三點之間，而芷儀當天的手機通聯記錄有上午十一點多一通，通話時間為零，代表沒有接通，其實士源明白那是他為了取得芷儀號碼所打的。

在中午十二點又有一通由士源撥打給芷儀的紀錄，通話時間三十秒。士源不管如何也想不起這通電話。唯一合理的解釋，就是取得芷儀號碼後，沒再用過手機，使號碼留在通話紀錄第一位，後來不小心按到通話鍵，撥了過去；芷儀接起後，等了大約三十秒，一直沒有回應便掛掉電話。

——這種情形也有可能發生。

這筆通聯紀錄使士源的處境更為不利，但下兩筆記錄卻解救了他。中午十二點多，有一通別人打來的電話，時間將近三分鐘；而下午兩點四十五分有一通芷儀撥出的紀錄，雖然並未接通，但號碼卻和上一通相同。後來查出號碼來源，竟然是明星大學C大心理所教授王憲宏。循線追查更發現同為心理所的研究生岳紹平與死者有著男女朋友的親密關係，而他同時還是王憲宏的指導學生。

一時之間鎂光燈的焦點全部轉往C大校園，再也不對士源有著任何興趣。短短不到幾天，「名暴力刑警」一下就被社會大眾忘得一乾二淨。談話性節目開始探討「壓抑的高知識分子」、「教授？禽獸？」各種稀奇古怪的議題，而參與發表「高見」的「專家」更為踴躍。

根據新聞報導，研究生岳紹平在案發時有著充足的不在場證明，反倒是教授王憲宏獨自一人待在研究室裡，沒人可以證明。種種跡象皆對王教授非常不利，因此已被檢警約談，然而他堅持是被陷害，經過警方詢問後交保候傳，並宣稱當天約他獨在研究室的就是學生岳紹平。岳紹平則矢口否認，聲稱教授是為了想嫁禍給他才這麼說的。師生關係降到谷底，兩人每天的隔空喊話成為新聞媒體必定連載的精彩戲碼。

案情推展至今，嫌犯已可以鎖定在這兩人：岳紹平口齒伶俐、氣勢淩人，給人高傲的不良印象；反觀王教授，戴著大大的方型眼鏡，展現學者氣息，但說話總是交代不清，玻璃片後的眼神帶有懦弱。

士源決定親自調查這兩人，好能早日揪出真兇，讓芷儀能早日入土為安。

三、

「你們警方到底要糾纏我到何時，我很忙知不知道！」岳紹平顯得非常不耐。

「我只是來釐清案情，也希望能早日破案，請配合一點！」士源不甘示弱，語氣逐字加重，使這間校園內附設的咖啡廳變得很不寧靜。

四周顧客全部轉過來一探究竟，士源一一瞪了回去。

「你憑什麼威脅我！」岳紹平起身就要離開。

士源迅速將他壓回座位，並秀出警察證件說著：「再不配合，我就用妨礙公務罪辦你！」

「你不是早就被停職，少在那唬我，以為我沒看新聞嗎？我看你才是兇手吧！明明偵查援交失敗，指紋卻又出現在命案現場？死者皮包內的千元鈔票也有你的指紋，我看你是被那女人握有把柄才被勒索！」

士源沒有辯駁，因為他饒恕芷儀的事沒有向媒體透露過半句，以免又出現「警察包庇罪犯」的喧然大波，僅跟承辦員警說出實話。

「小鬼，你以為這幾天新聞焦點在誰身上？還覺得我是兇手嗎？我早就被復職了！」當然士源並沒有被復職，只是警察證件當初沒有交回。

岳紹平迫於無奈只得配合，心懷不甘拿起咖啡大口喝著。

士源仔細打量眼前這位驕傲的高材生，長得一表人才，戴著無框眼鏡，五官頗為斯文，但和電視上看到的一樣，非常自我且難以相處。

「就說過了嘛，我當天下午參加一年一度的全校游泳比賽。」岳紹平辯解著。

「兩點半到三點之間都在嗎？」

「當然啊，比賽進行一整個下午，光報名人數就有幾百人，怎麼可能一下就能比完！」

「有人可以幫你做證嗎？」

「可以去問我同學，他們都知道我有參加游泳比賽！」岳紹平顯得非常不服氣。

「我不是要問有誰知道你有比賽，我要知道是有誰看到你在比賽現場。」

「這個……」岳紹平遲疑了一下。「我怎麼知道，也許很多人都有看到，但怎麼知道誰有看到。至少我當天在比賽現場沒有遇到認識的人。」

「這樣就好笑了，誰能證明你在現場！」

「怎麼可以因為這樣就懷疑我，我大學又不是讀C大，在這裡本來就沒有認識什麼人，更何況這次比賽所上同學都興趣缺缺，當天沒有認識我的人也很正常啊！」

「沒有加油的親友團嗎？」士源挑眉問著。

「很抱歉，我人緣不好可以嗎！而且又沒有游很快，叫別人來看笑話嗎？」

想不到這高傲的小子也有自知之明，士源這樣想著，內心發出了竊笑。

「但是啊！」岳紹平露出令人不悅的笑臉，翻著身旁的背包拿出一張獎狀。「幾乎沒什麼練習游泳的我，看來太低估自己的實力了。以前都沒測過秒數，想不到我一鳴驚人！」

獎狀上清楚寫著：「心理所岳紹平」參加「男自由式五十公尺，成績36'57秒」榮獲「全校第十七名」。

「你知道嗎？光自由式這項比賽就將近一百人參加，我還能進全校前二十名，不覺得是奇蹟嗎！」岳紹平像個小孩一樣沾沾自喜。

「是啊，可真是個奇蹟，但這樣又代表了什麼？」士源覺得很不是滋味。

「這你就沒好好看新聞了！我自由式比賽的那個時間，比賽單位事後查證，就是在兩點四十五分左右。」岳紹平戲謔地拍了士源一下。「這位大哥，自由式的頒獎典禮在三點十分左右，短短二十五分鐘，要我怎麼來回命案現場？雖然距離學校只有十分鐘的車程，但光從泳池要出校園就有一段距離，更何況如果我要去犯案，難道不用先換裝，直接穿著泳褲大搖大擺走在街上，而且犯案時間不用加進來嗎？」

看到岳紹平挑釁的表情，士源把他搭在肩上的手用力甩開，腦中又開始隱隱作痛，彷彿暴力因子在體內蠢蠢欲動，一顆不定時炸彈即將一觸擊發。

「惱羞成怒嗎？名暴力刑警！」岳紹平又追了一句。

「幹！注意你的態度！」士源用力拍了桌子，杯內的咖啡濺了出來。

一旁的店員想要前來勸和，卻覺得士源一身黑衣，滿臉鬍渣，看起來即使不是黑道，也是個不好招惹的彪形大漢，只好默默隔岸觀火。

「君子動口不動手嘛！」岳紹平挑逗著。但這句話卻使士源更為憤怒，直接一把抓住岳紹平的衣領，握拳高舉右手。

「你敢動我！」岳紹平大吼。「我會讓全世界都知道你的暴力行為，讓你吃不完兜著走！」

腦中的疼痛突然消失，使士源稍微恢復冷靜，岳紹平卻以為自己的威脅奏效，嗤笑了一聲。

這時士源冷不防把緊抓衣領的左手，迅速壓向桌面，使岳紹平頭部「碰」的一聲撞了下去，眼鏡整個歪掉。

這個料想不到的舉動，使岳紹平大為吃驚。

士源露出恐怖的笑容，在岳紹平耳邊輕聲說著：「是不是從小就沒人教訓你，才讓你這麼自大。你覺得以你這種個性，將來出社會不會四處碰壁嗎？你以為我會怕打人而記過嗎？告訴你，『恁爸』我從小的志向，就是永遠當個小警察，一輩子沒有升遷也會非常開心，記過和警告對我而言都是一條條的光榮事蹟！」

放開岳紹平後，士源緩緩坐回原本的位置，拿著剩下不多的咖啡一飲而盡。字字清楚傳入岳紹平耳裡讓他恐懼不已，萬萬沒有想到士源會動真格。

「放輕鬆！」士源見到岳紹平相當驚恐，刻意以輕鬆的口吻說著。

岳紹平還是低頭調著眼鏡，一點也不敢正視士源，之前的銳氣消失殆盡。

「我們來談談別的話題。」看到岳紹平可憐的模樣，士源反而有種快意。「你覺得王教授會有什麼動機想殺芷儀？」

「嗯……」傲氣盡失的岳紹平想了一下。「應該是他不願意讓援交的醜聞曝光，也可能是那女人握有什麼把柄，所以才被滅口。」

「那你對於王教授所說，當天下午因為跟你有約才會待在研究室裡，你有什麼要解釋的？」

「屁啦！」岳紹平脫口而出，卻又懼怕士源發怒，停頓了好一會兒才又開口。「明明……明明他也知道我那天下午要參加游泳比賽，meeting是隔天下午，是他自己老糊塗記錯時間吧！」

士源微微點頭後才又開口：「那說說看你對芷儀的看法。就我所知，你們有著男女朋友的關係。」

「呸，算了吧！」岳紹平愈說愈小聲，最後開始喃喃自語。「那種女人……」

「快說！」士源催著。

「反正我跟她的認識過程極為複雜，重點在於……」岳紹平開始捏起餐桌上放置的紙巾。「她這個人非常主動，打從一開始我也沒什麼戒備。一個可愛的女孩投懷送抱，不會多想什麼。直到後來對她感覺淡了，卻發現她到處跟別人說我是她男友，讓我非常不舒服，老實說噁心死了！因為我們自始至終沒有在一起過，這一切不過是她一廂情願罷了。愈是緊追不捨，就讓我愈反感，搞得我快瘋掉！後來又發現這女人竟然做著援交勾當，又跟教授有著不尋常關係，如此淫穢的女人我怎麼可能接受，我絕對不跟這種社會底層的女人有任何瓜葛！」

「哼，這可以算是你的犯案動機嗎？」聽到岳紹平不斷數落芷儀，士源愈想愈氣，突然站了起來並高舉右手。

「啊！」岳紹平見狀嚇得縮了回去，但士源只想嚇嚇他，順勢整理一下頭髮。

接著士源神情冷峻走向岳紹平，用力捏住他的肩膀，讓他相當難受，卻也不敢抵抗。

「枉費以你聰明的資質都唸到研究所了，國小老師難道沒有教過……」士源愈捏愈用力。「教過你不要在別人背後說壞話嗎？」

「今天我張老師再教你一課，比這種人更卑劣的還有一種……」士源眉毛一動也不動輕聲說著。「那就是說再也無法辯駁的死人的壞話！」

說完在桌上重重壓了一張百元鈔票，頭也不回直接離開咖啡廳，留下一個驚魂未定的研究生顫抖著。

四、

離開咖啡廳後，士源覺得身體相當不適。最近不但容易精神恍惚，連情緒都難以控制。從小開始逞凶鬥狠，每天以打架為樂，因而鍛鍊一身好功夫，但也因此時常惹事進出警局，要不是後來被迫送去警校，現在可能已經雄霸社會的另一個角落。即使經過多年的警校生活，暴力行為收斂許多，但總覺得這種惡性是天生擁有，多年來即使不斷努力壓抑，將另一個邪惡的自己塵封在內心深處，也許有天還是會一發不可收拾。

而自己也很明白這種個性，即使各項能力都很突出，當年還以優異成績從警校畢業，卻也沒有主管願意承擔風險，賦予他重要任務，一直以來只能處理一些無關緊要的小案件。這次援交偵查是經過一番努力才爭取到的，卻沒想到演變成這樣，不但被申誡記過，連職權都被停止。

C大體育館設備相當豪華，外觀設計也很新潮，但士源並不是來參觀，而是來體育室詢問案發當天的相關細節。

「你好，我是警察。」士源亮出證件。

「啊，你不就是……」一名女職員像是認出這位名人，卻恐懼電視上流傳的暴躁性格，又把話吞了回去。

「我想調查一下……」

「呃，我知道了，之前也有你們的人來過，我去請負責人過來。」女職員小心翼翼迅速離開。

沒多久，一名禿髮中年男子出現，熱情握住士源右手說著：「你好，我是游泳比賽的負責人，也是體育組長。你應該就是張先生吧，久聞大名！」

士源嗤笑了一聲，因為這個「久聞大名」只可能是臭名。

「雖然之前都跟警方說過，但有什麼疑點還是儘管發問，我會盡力配合！」不知道體育組長是懼於士源的暴力威名，還是本身就很熱心，竟然如此配合。

「我想了解游泳比賽的整個細節。」士源毫不客氣直接開口。

「嗯，這個比賽是這樣的……」體育組長用著官腔語調說著。「比賽是下午一點半開始，算是全校的一大盛事，不僅學生會參加，還有很多喜歡游泳的老師與教職員也會參加，所以場面相當熱鬧。」

「有多熱鬧？」

「一次好幾百人擠在游泳池，使用的是這個室外泳池。」體育組長指了一下牆上的地圖，室外泳池的位置畫在體育館不遠處。「至於熱鬧程度，如果跟朋友一起來最後都有可能失散！」

「那還有什麼細節嗎？」

「我直接說關於案情的部份好了。我們比賽分為男教職員組、女教職員組；男學生組、女學生組；項目又分為捷、蛙、蝶、仰，還有大隊接力……」

「咳！咳！」士源面露凶光刻意咳了幾聲。

「喔，對，講重點。」體育組長尷尬笑著。「所有選手賽前都要先做檢錄，其實就是去報到處登記確定有來。因為每次總是有人報名後，到比賽當天又不參加。自由式檢錄時間大約在兩點鐘左右，由於此項參賽人數最多，也可能不是紹平本人去檢錄，很多人也是別人代為檢錄。而男自由式參賽人數八十五人，一次比賽八個水道，所以總共比了十一輪。」

體育組長從抽屜取出一疊資料，每張大概不到A4大小的四分之一。「這是當天比賽水道的檢錄表，也就是在檢錄處登記同時，就會寫下是在第幾輪第幾水道比賽，確定無誤後會拿給水道盡頭的測秒員，另外也會覆寫一份到司令台交給司儀。畢竟那麼多人的比賽，選手有時候也會搞錯，因此在每一輪比賽鳴槍前，都會先將八名選手一一唱名。不過自由式前四輪的檢錄單倒是不見了，還好後面的都有找到。」

體育組長說完又拿了一張紀錄交給士源說著：「這是蝶、仰式所有選手的比賽紀錄，可以對照檢錄單的號碼。自由式、蛙式的比賽紀錄也不見了，其實不止，司儀唱名的名單也只找得到蛙式與接力賽的……」

見到士源表情有些疑惑，體育組長有些不好意思解釋著：「也沒什麼可疑之處，因為全校游泳比賽本身就是娛樂性質，這些資料本來就不會刻意保存，而這疊男自由式檢錄單可是從好幾個垃圾筒挖出來的。」

「為什麼有的選手成績是空白的？」士源瞄了一下蝶式、仰式的比賽紀錄，發現這些疑點。

「這就得去問那些選手，也許是臨陣脫逃，不過大部分都是自己檢錄後就不知道跑哪去，錯過比賽時間。比賽期間常有人打電話詢問進行到哪一項的第幾輪，真想不透乖乖待在比賽現場等待有什麼不好？」

士源拿著岳紹平的那張檢錄單和其他張比對著，緊接著陷入沉思。他發現岳紹平是在第九輪的第五水道，紙張的角落有著數字，寫著兩點四十五分。再仔細一看，發現岳紹平的名字是把原本9－5水道欄位的一個姓名塗掉才寫上去。翻閱其他檢錄單，有些欄位也有被塗改的情形。

見到士源反覆看著被塗改的檢錄單，體育組長急忙開口：「呃，這種情形也常發生，有時頒獎典禮跟選手的比賽剛好衝到。對了，剛剛忘了說，因為比賽項目眾多，但時間有限，所以每項比賽成績結算出來後就直接頒獎。出現被塗改的情形有可能當初工作人員寫錯就直接塗改；而有的人也會臨時想要改到其他輪比賽，有時候是工作人員修改，有時候則直接讓選手塗改，但都得更正司儀那邊的唱名名單。反正這比賽本來就是娛樂，不至於有人要作弊吧！」

「那個第五水道的測秒員是誰？」士源問著。

「喔，你想跟他確認那天有沒有看到紹平嗎？其實之前警方也有查過。因為當天參賽選手太多，他又測了一整個下午，每個人戴著泳帽、蛙鏡根本認不出來，所以沒什麼印象。」

士源皺眉思考，隨後開口：「那有沒有注意唱名名單跟選手配得起來嗎？」

「其實測秒員測完就直接到後面的成績表登記成績，根本不會去注意唱名的名字。張先生啊，這樣還有什麼問題嗎？紹平兩點四十五分確實是在泳池比賽，成績也還不錯。」

這讓士源想起岳紹平先前得意的笑容，突然覺得有些不悅。

「你看！」體育組長拿起一疊相片說著。「這是頒獎時的合照，而他是第十七名，站在第二排。雖然他有點被擋到，但看起來真得很像就是了。這些照片是用數位相機拍的，不但有日期和時間，連幾分幾秒都會在檔案裡顯示，可以確定三點十三分二十七秒時紹平也在比賽現場。平常這些照片只放在網路，為了配合這次偵查，才把這一百多張都洗出來交給警方，現在也確認無誤退了回來。」

士源顯得非常失望，看來岳紹平的不在場證明確實相當充足，也許兇手另有其人。

體育組長再次開口，並以必恭必敬的口吻說著：「張先生，這些細節之前警方也都詳細調查過。我想我們學校的學生應該不會做出這種事。當然，老師也是如此，搞不好還有其他嫌犯尚未現身。」

看到體育組長對自己唯唯諾諾，士源覺得自己真像「周處除三害」裡未悔改前的周處，是個人人害怕的惡棍。

「這些資料全部給你，檢錄單、照片、成績表都帶回去研究吧！」體育組長把資料裝入牛皮紙袋交給士源。

走出體育館後，士源伸了一個懶腰，覺得非常疲憊，只想趕快回去休息。

五、

經過一夜休息，頭痛症狀還是沒有好轉。從以前就去過很多醫院檢查，卻總是查不出所以然。

——今天還是前來C大調查案件。

心理系館距離C大正門有一段距離，這讓士源在校園內走了很久。而王憲宏教授位於頂樓最角落的研究室更為偏僻，也難怪他案發的整個下午都待在裡面也沒人注意。

研究室門邊掛著「王憲宏教授」的牌子，下面有一個可以移動的小方格，更下方分別為「請進」、「外出」、「勿擾」三個欄位，而現在方格停在「請進」欄位上，看來王教授就在裡面。

士源開始敲門，但了無反應，又猛烈敲了一陣，王教授總算出現。

「王教授你好。」士源面無表情點頭致意。

「啊，你是……請進請進。」王教授一會兒就認出士源。「有時不想被學生打擾會假裝不在，不過剛才敲門聲實在太猛烈，不得不出來一探究竟。」

儘管王教授這麼解釋，但士源倒覺得錯在假裝不在的人。

室內擺設整齊，但書籍略嫌過多，各種中文書、原文書一排排並列，佔據三面牆壁。

「嗯，張先生，我就知道你會來。」王教授邀請士源坐下，自己也在對面坐了下來。

王教授聲音相當低沉，戴著大而厚的方框眼鏡，尖而細長的鷹勾鼻讓他看起來頗富謀略，和電視上給人的感覺略有不同，精神看來還算不錯。

「是想調查那件案子吧！」王教授眼鏡戴得不是很高，兩眼從鏡框上緣瞄著士源。「我也跟警方說過，那天下午都在研究室等著紹平前來。結果等不到，就自己在閱讀期刊。」

「可是問題在於沒人可以證明。」

「那是因為這間研究室位置比較偏僻，而且假日本來就沒什麼人會來系館。」

「中間都沒有出去走動或是上廁所嗎？」

「上廁所是有，但是兩點到三點半之間我都在研究室裡專心研讀期刊。不信的話，我可以把內容說給你聽。」王教授翻開期刊，作勢就要開始。

士源趕緊制止，因為他怎麼可能聽懂那些深奧的學術內容。

王教授闔上期刊繼續說著：「其實也是可以證明，去調閱電梯的錄影紀錄，我下午一點十分搭那台電梯上來，一直到五點才又從那下去。這之間都在研究室裡。」

「不過據了解研究室另一端那台送貨用電梯就沒有攝影機，而且下去後又有個不顯眼的側門可以離開系館。」

「我沒事幹嘛跑那麼遠去搭那台電梯。」王教授顯得非常不悅。

「如果要去犯案的話。」士源試探著。

「哼！」王教授眉頭深鎖。「我原本以為你會跟其他警察不一樣，想不到都是一群蠢蛋！」

如果是平常的士源，早就一拳過去，不過對方畢竟是老師，從小到大再怎麼殘暴還是對老師有些尊敬。

「我以為你跟我一樣能體會那種被誤認為是兇手的痛苦！」王教授整個人煩躁了起來，跟他很有修養的外型有點不符，可以想像新聞媒體讓他飽受折磨。

「我能了解你的處境，但岳紹平的不在場證明真的相當充足，所以才想來這裡多了解案情。」士源趕緊幫王教授說話，希望得到更多情報。

聽到士源的這番解釋，王教授突然發出爽朗的笑聲，並從書櫃裡取出一疊資料說著：「我們應該最清楚新聞媒體的話最不能相信。其實我注意你很久！我一直都在從事『犯罪心理學』與『青少年心理學』研究。你看，這是你們員警的資料。」

士源看到自己的資料也在其中，而且記載得相當詳細，愈看愈不舒服，可以理解平常被調查的人那種被挖隱私的不悅感。

王教授又翻了幾頁文件說著：「因為研究犯罪心理學而跟警界一直有著合作，當然也認識一些高層，所以這次約談很快就交保了。不過你放心，這些資料僅作學術研究之用，不會外流的。我也很想調查此案，早日揪出真兇，但因為身分而有很多限制，無法隨意而行。看過所有資料，我們『同是媒體淪落人』，認為你最適合替我調查，當然我也會盡力協助。」

士源沒有任何回應，王教授繼續他的長篇大論：「和芷儀會認識是因為我在做青少年心理學的研究，想了解援交的心理狀態，才會和她搭上。當然，這種研究很具爭議，所以都由我一人暗自進行。從網路聊天室認識芷儀，到後來多次的深度訪談，都是自己一手包辦。」

聽起來頗為合理，不過王教授也有一定年紀，竟然也會使用網路聊天室。

「唉，其實芷儀是個命運悲慘的孩子。」王教授嘆了口氣。「從小飽受家暴，沒有得到溫暖。」

「你好像很了解她？」

「呃，這是當然。我跟她就像忘年之交，從小缺乏父愛的她，可能把我當成父親那樣看待。我也希望她不要再做這種事，只是想不到她竟然……」王教授用手扶了一下額頭。「也許芷儀是想不開自殺，生前飽受各種精神折磨，也可能被男友拋棄過度傷心，因而做出傻事。」

士源只是靜靜聽著，並沒有想插話的意圖。

王教授垂著雙眼繼續說著：「警方之所以會不排除他殺嫌疑，是因為芷儀死亡時全身赤裸，而現場又有些凌亂。但以一個自殺者的心態來分析，做出這種舉動也不無可能。況且如果是被人勒死留下痕跡的角度會和上吊自殺不同。」

「但如果是勒住死者從背後往上抬起，或直接設好機關套住脖子往上拉，角度也會一樣。」士源插了一句。

「所以你不認為芷儀是自殺？」王教授反問。

「如果是自殺為什麼又要先打電話給你？還是因為你那通電話沒有打通才想不開？還有最後一個跟她生前通過電話的人也是你，到底說了什麼？」

王教授拿下眼鏡柔了一下眼窩，接著才又開口：「十二點多那通只是像朋友般閒聊著，主要在討論之後的訪談。二點多的來電，可能手機丟在一邊，沒有注意到。」

「那對你的學生有什麼看法？」

「嗯……」王教授想了一下。「紹平啊，他是一個很聰明的學生，只是個性衝了點。課業相當優秀，教什麼很快就會了解，聽說智商高達一百五十幾。」

士源有些吃驚，想不到那小子這麼聰明。

王教授臉色一沉，語氣突然有了轉變：「不過，我跟芷儀認識也有一段時間，卻不知道他們有著男女關係。有一天偶然在系館遇見他們並肩走著，與芷儀四目交接，但她卻裝做不認識，讓我非常驚訝。事後向其他同學探聽才知道她是紹平的女友，但奇怪的是，後來私下詢問，紹平卻說他是單身，這樣的矛盾讓我非常納悶。原本師生關係還算不錯，這件事爆發後，每天說的話不斷被媒體斷章取義報導，兩人關係每況愈下，我們再也沒有見過面，甚至還聽說他去申請更換指導教授的傳聞。」

士源閉起眼睛思索，不久才又開口：「如果照你所說，岳紹平那天約你在研究室討論，是約幾點？」

「倒是沒有約幾點，而是那天下午本來就打算閱讀期刊，只跟他說下午都在研究室，方便哪個時候來就來。等到快五點他還是沒來，明明自己說要找我卻又忘了約定。那時期刊也看到一個段落，所以我就離開了。」

這時傳來刺耳的手機鈴聲，王教授面帶尷尬笑容走向辦公桌，在接起手機前王教授開口說著：「不好意思！我手機從來不用震動，那樣會常常沒接到。但麻煩的是，有時上課忘了關機，手機就在課堂上響了起來。」

士源沒去理會，趁機澄淨自己的思緒。

不久，王教授講完電話，手中拿著一份印刷草稿說著：「哎呀，你看，早跟印刷廠商說過這兩行要對調，結果還是沒有，不得不抱怨一下！」

草稿上的兩行字被王教授用力劃掉，並做了個對調記號。士源感覺好像得到什麼線索，卻又串不起來，讓他腦內開始隱隱作痛，右手伸向額頭揉著。

王教授見狀，走向後方櫃子取出一罐藥瓶，將十幾粒藥丸裝入藥袋並交給士源說著：「我大學就讀醫科，後來才出國取得心理學博士，也算個心理醫生。對你的病情多少有些了解，你還是盡量放鬆，試試這種藥。如果還有興趣，我們以後可以多聊聊！」

士源半信半疑接受了好意，但沒有道謝，反而神情嚴肅打量著藥丸。

將藥丸收好後，士源覺得也調查得差不多，起身準備離開。

士源走了幾步像是想起什麼似地又停下腳步，接著轉向王教授問著：「王教授，你跟芷儀訪談都約在哪裡？難不成是在賓館？」

「你！」王教授勃然大怒。「還真相信媒體的鬼話！覺得我跟芷儀有援交的關係嗎？」

士源沒有理會王教授的不滿，只是再次走向門邊，背對王教授輕蔑笑著：「我想說，芷儀真的是個美女。不論你當初動機為何，也不論你後來是否起了色心，就為怕援交醜聞爆發而將她滅口，或是受到什麼威脅而動手，這點殺人動機是成立的。我只是不想排除任何可能性。新聞媒體固然不能相信，但在你殺人動機的分析，倒是非常精闢！」

眼看士源就要離去，王教授卻只能用著無比怒火目送士源離開。

六、

過了幾天，案情依舊沒有突破，新聞媒體早已失去興趣，轉而鎖定最近爆發的貪污案。士源的復職通知卻遲遲沒有下來，還是處在留職停薪。即使如此，他還是不斷進出警局，私自調查著案件。

命案現場前後調查了兩次，依舊沒有新的線索。由於賓館防密措施相當完備，預先線上付費就能獲得一組密碼，先由後門進入，到了房間再輸入密碼就能使用，但這種方法一次就要包下一整個時段。

當天房間是由芷儀所訂，一訂就訂了一天，可以推測下午應該還有客戶，卻無法得知是誰。賓館入口相當隱秘，而通道幽暗曲折，一路上不太會遇到什麼人，很適合不願曝光的偷情者。但也因為如此，案發當天完全沒有目擊證人，使案情陷入膠著。而長官不讓士源插手案件，或許意味他也被列為重要嫌犯，畢竟現場只留下他與芷儀的可疑指紋。

士源啜著濃烈咖啡，這是他很喜歡的一家露天咖啡館，可以讓他暴躁的脾氣稍獲紓緩，思路得以澄清。

前天向偵辦此案的學弟施壓，取得芷儀租屋處的鎖匙前往搜索，卻也沒有多少收穫。除了發現很多不合年齡的名牌衣飾和名牌提包，也沒發現其他線索。破解密碼進入電腦，也只是一些與網路援交無關的檔案，芷儀可能提防電腦哪天會被搜查，因此特別小心。

電腦桌上擺著一個相框，框內是芷儀與岳紹平的合照，而兩人並未牽手，但不能因此推測兩人不是情侶。照片日期是四個月前，芷儀擺著燦爛的笑容，而岳紹平看起來並不開心，眼神中透露一種無奈，看起來這張相片像是在芷儀強求下拍攝的。

岳紹平也許因為受不了芷儀死纏爛打將她殺害，但不在場證明又如何解釋？

士源看著見底的咖啡杯，才發現已經喝完，想要續杯卻又打消念頭。每次咖啡類飲料喝得過量，當晚就很難入眠，連帶使隔天精神不濟，頭痛舊病很容易復發。

想了一下，士源還是招手叫了服務生。因為沒有苦澀咖啡的相伴，根本無法好好思考。

過了一會兒，服務生再次出現。

「先生，請慢用！」

接過服務生遞來的熱咖啡，士源喝了一口，精神為之振奮，繼續整理案情。

並不是士源不怕頭疼再犯，而是狀況有好轉的趨勢。調查王教授的隔天，頭痛發作讓他承受不住，脾氣整個暴躁起來，幾乎崩潰。無奈之下只好服用王教授給的藥丸，沒想到十分有用，疼痛漸漸消失。

也許這是心理作用，但那天王教授的言下之意，點出士源是精神方面的疾病，而非生理疼痛。那些藥丸可能是鎮定劑或抗憂鬱劑，但不管怎樣，讓士源第一次有被「對症下藥」的感覺。

這幾天又兩度拜訪王教授，並不是想對自己病情有所了解，而是岳紹平的不在場證明充足，沒必要再做調查，轉而探訪剩下的嫌犯王教授，希望能找到新的線索，可惜也是徒勞無功。

王教授熱中學術研究，喜歡東扯西扯，跟士源說了許多心理學知識，像是記憶、人格等很多方面，士源也只是聽聽而已。但其中「二十四個比利」人格分裂的真實故事，讓他留下深刻印象，有種說不出的詭異感。

這三次觀察下來，心得就是：高深莫測。但王教授每次都會拿著草稿跟士源抱怨印刷錯誤，卻又像個囉唆的老頭。

士源愈想愈覺得芷儀不是自殺，轉而將嫌犯鎖定在那人身上。

拿出一疊疊游泳比賽資料，士源開始重新檢視。一百多張的比賽相片，到目前為止還沒好好看過，決定今天一次看完。

看了幾十張照片，還是沒有發現疑點。全校游泳比賽確實如體育組長所言，相當熱鬧。二樓看台上一片加油群眾，偶爾夾雜一些選手；或許因為當天天氣晴朗，許多人用著防曬道具，將臉部包裹起來，讓人難以認出；一樓比賽場地周圍擠滿穿著泳褲或泳衣的選手。戴上泳帽的面容很難辨認，同時又帶著蛙鏡的人根本認不出面貌。

士源試著找出岳紹平是否會有頒獎典禮以外的照片，但根本就是白費工夫。這些照片焦距調得很遠，人物都變得很小，更不用說要看清面貌。即使這些照片都沒有岳紹平，也不能證明他不在現場，因為現場那麼多人，不可能每個人都被照到。

思索著代游共犯的可能性，卻發現風險應該很大，且岳紹平又要如何說服共犯？他的人緣似乎不好，又要找誰幫忙？即使找到代游者，案發後代游者不會識破陰謀嗎？

士源仔細打量著岳紹平頒獎典禮的那張照片。

難不成是合成照片？岳紹平站在第二排，被前面的人遮住，面容不是非常清楚，但還是可以隱約看出是本人沒錯。

如果是修改了數位相機的時間又會如何？但這樣要如何取得相機？如果在場的百人中，有任何一人出來指證頒獎確切時間，一切不就破功？

士源拿出比賽紀錄隨意翻閱，關鍵的自由式紀錄竟然不見，便直接推向一旁。

接著換成檢錄單，總共有七張，岳紹平在第九輪的那張。

此時卻發現了一個怪異之處，岳紹平姓名欄位塗改的痕跡非常明顯，把原本的名字完全塗掉。將檢錄單反拿起來，想從背面看出原本欄位上的名字，卻因為塗改非常徹底，完全看不出來。

一股疼痛感又強襲而入，讓士源相當不適。

來的真不是時候，因為士源似乎掌握了什麼事件核心，卻又一時說不出來。趕緊檢視其他檢錄單，發現也有很多名字被塗改，有些還看得出塗改前的字，有的則模糊不清，但沒有一個像岳紹平那樣塗改得徹徹底底，就像不願讓人看到原本的名字。

士源突然雙眼一亮，掌握了詭計核心，露出得意的笑容。

作 者 的 便 條 紙 -- 壹

關於「不在場証明」的所有線索已經呈現，各位讀者覺得士源掌握的關鍵為何？而兇手又會是誰？

在此聲明一下，這不是「給讀者的挑戰書」，而只是善盡作者告知讀者的義務。

秀霖

七、

夜幕低垂，反而是C大社團活動的開始，一路上學生來往交錯。從案發到現在也快過了一個月，但一切終於要在今夜結束。

——士源是這麼想的。

王教授一再要求，希望士源能私下讓「真兇」俯首認罪，再讓他去自首以減輕刑責。在紓緩頭痛方面，士源算是欠了一個人情，被不斷苦求下也只好答應。

這幾天在王教授的奔波之下，總算借到那天比賽的室外泳池。當然校方不可能這麼輕易就關閉一晚，是剛好適逢泳池公休，直接向管理員借了鑰匙，因此現在泳池內只有士源、王教授與岳紹平三人。泳池只開了一道小門，外頭的人並不知道裡面在做什麼。為了低調進行這項任務，王教授主動準備之後會用到的道具「碼表」。

王教授提著筆電，似乎一下課就趕來。由於只有他們三人，泳池只開了幾盞大燈，猶如舞台中的聚光燈，一部好戲就要上演。

岳紹平非常畏懼，不敢靠近士源，王教授則夾在中間不發一語。

士源一身黑衣搭上冷酷的眼神，彷彿一個「黑色惡魔」在一旁蓄勢待發。

就快進入十二月，天氣漸漸變冷，看著池內水波不斷擺盪，士源終於打破沉默說著：「我想，該面對的還是得面對，那就不囉唆直接切入案情。」

其他兩人把目光緩緩移向聲音來源，而士源開始長篇大論：「為何芷儀死亡時全身赤裸？如果是自殺，這樣的舉動過於詭異，而且也沒留下遺書；房間明顯被人弄亂，可能是兇手也可能是芷儀。若是自殺，也許是為了混淆警方搜查方向轉往他殺，但這樣是為了嫁禍給誰？警方事後從交友關係與通聯記錄也只鎖定了兩名嫌犯。如果是要嫁禍給我，雖然應該沒有嫁禍動機，她如何掌握我下午的行蹤？若是針對岳紹平，他下午卻有明確的不在場證明。換個角度想，也許是確定在岳紹平取得不在場證明下才自殺。那剩下的一種可能就是要嫁禍給王教授，但依據王教授所言，他會留在研究室一下午是因為與岳紹平有約。倘若如此，芷儀應該更難掌握王教授行蹤，除非岳紹平跟芷儀是共犯，為了陷害王教授，刻意在案發時約他獨自一人留在研究室。但這樣更為矛盾，如果突然有學生在案發時去找王教授，或是王教授自己剛好外出遇到證人，產生不在場証明，那芷儀的自殺不就白費？雖然自殺也有這種可能性，但怎麼想都覺得很不合理。」

王教授頻頻點頭，而岳紹平則面無表情聆聽著。

士源神情相當嚴肅繼續說著：「另一種可能性，芷儀全身赤裸是因為跟某人約好要援交，不過也可能是跟男友。從芷儀直接待在賓館內等待，可以推測絕對是熟客，不然會像我當初一樣，先約在某處見面，才由芷儀帶路。早上都已經被我這個網路援交偵查刑警查緝，為何下午還要接客？應該是兇手不知道以什麼理由將芷儀強留下，以能執行殺人計畫。」

士源深吸一口氣，暗示著重點即將來臨：「疑點就在於，為何殺人計畫一定要急著在那天完成？芷儀上午已經遇到警察，想必下午繼續交易的意願應該不高，但如果換了一天，兇手的詭計就不能實現。很明顯地，因為那天是一年一度的全校游泳比賽，如果錯過這次機會，取得『不在場證明』的詭計就無法實行！」

這句話幾乎已經宣告兇手是誰，岳紹平十分氣憤脹紅著臉：「惡質刑警，你到底想說什麼！」

士源沒有理會，繼續說著：「之前一直想不通，為何案發期間會有一通芷儀撥打給王教授的電話？如果是芷儀為了求救而撥出，那她應該要打給警察局，而不是打給王教授。原本我以為那是兇手為了使案發時間延後而設下的詭計，但後來想想，兇手知道警方事後一定會從通聯記錄循線搜查。將王教授牽扯進來也是兇手詭計之一，如果再配合預先用計將王教授獨自一人留在研究室裡，嫁禍計畫就更完美！」

「媽的，別說話處處針對我！」岳紹平跳了起來，對著士源怒吼。

「我有說是你嗎？幹嘛急於跳出來自己承認？」士源刻意笑了一下。「惱羞成怒嗎？兇手先生！」

「你！」岳紹平朝士源衝了過去，被王教授一把拉住，但不一會兒就奮力掙脫，直接往士源一拳打去。當然士源在打架方面絕對比一般人強上許多，一把抓住岳紹平的右手迅速扭到背後，讓他痛得哇哇大叫。

見到岳紹平不再掙扎，士源才把他推到一旁繼續說著：「你自己想想，如果王教授是兇手，他幹嘛撥打那通電話，讓自己處於不利地位。況且如果沒有那通電話，警方也許不會那麼快就懷疑到王教授身上。」

「你為什麼不想成是那女人的『死亡訊息』，指出兇手就是王教授！」岳紹平不斷揉著被扭傷的右手。

「哈！哈！不錯，不錯！」士源的笑容看起來非常邪惡。「終於說出你想達到的效果。這通電話也可能不是你為了將王教授牽扯進來，而是故意製造讓其他人誤以為這是死者留下來的『死亡訊息』！」

「好，隨便你怎麼說，沒殺人就是沒殺人，這點我自己最清楚。」岳紹平恢復冷靜，論打架絕對打不贏士源，只能用「嘴巴」跟他一較高下，以往的自信又浮在臉上。「那你又要如何解釋我的不在場證明！」

士源瞪著岳紹平，嘴角微微上揚說著：「這就是你高明之處，用這種大膽而細膩的詭計，高明到讓我佩服得五體投地！」

士源從手邊的牛皮紙袋拿出一疊資料繼續說著：「如果不是看過這疊照片，我還不知道當一次將近百人都穿著泳衣、泳褲，又帶著泳帽、蛙鏡，場面是如此的熱鬧，熱鬧到想從裡面找到認識的人都很困難。你們看看，除非是非常熟的朋友，不然這樣怎麼認得出來誰是誰？而且更重要的是，岳紹平你大學並不是就讀C大，就如你之前的證言所示，比賽當天沒有你認識的人，也沒有認識你的人，這樣就可以放心，即使不是你下水比賽也不會被識破！」

王教授在一旁冷眼看著，岳紹平則露出不以為然的表情說著：「笑話，難不成就因為這樣就說我找人代游。跟你說我在C大沒認識多少人，叫我去找誰？不然找出那個代游的人給我看！」

「你當然不用找人代游，因為會有人自動幫你比賽，還幫你得獎！」

「你到底想說什麼？」岳紹平臉色變得有點蒼白。

士源拿出那堆檢錄單說著：「你自己看看，比賽的檢錄單上，為什麼你姓名欄位是塗改過的，你要怎麼解釋？因為你檢錄之後又去變更賽程。」

「我？放屁，我哪有去變更！」岳紹平一下就由疑惑轉為憤怒。

士源拿著其他檢錄單比對說著：「其他有變更賽程的塗改，哪一個像你的這樣，塗改到完全看不到原本上面的名字是誰，因為你不想讓別人知道這個幫你游泳的人究竟是誰！」

「你到底在說什麼？我有游就是有游，我可是照著司儀廣播的順序上場比賽。」岳紹平神情相當慌張。

「哼！」士源睨著岳紹平。「司儀就是你詭計之一，你藉著司儀的嘴，讓那個無辜第三者乖乖去幫你比賽！」

「媽的，你要誣賴我到什麼時候！」岳紹平只敢發怒，卻不敢向前跨出半步。

「首先你算好時間，在檢錄過後，又去偷改檢錄單，把你的位置和某人交換，但卻沒去司儀那邊更正名單。」士源雙手握拳繼續說著。「這下就厲害了，即使不用在現場，也有人會幫你比賽。而水道頭另一端的測秒員本身就只負責成績紀錄，不會去管第幾水道中的選手是誰，測完秒數後就直接記上成績，卻沒發現那天男自由式第九輪第五水道的選手並不是你，而將別人的成績記在你的欄位。」

「哼！」岳紹平直接別過頭去。「隨你怎麼說，看來你已經完全不相信我了！」

士源嗤笑一聲才又開口：「你懼怕這項詭計被識破，事後還去把自由式的成績紀錄偷走，並銷燬其他成績紀錄，以免意圖被發現。同時也把自由式前幾輪比賽的檢錄單銷毀，讓後來調查的人即使懷疑到此，還是無法查出被你設計代游的人是誰。之所以要把成績紀錄銷毀，是因為使用這項詭計有一個致命缺點，就是當你取得不在場証明的同時，偷換過後的比賽也無法參加。因此當天司儀宣佈比賽水道，宣佈到你的名字時，水道跳台應該是空的，但這個空白的比賽成績反而記在被偷換後的那人身上。你便利用這段時間前往犯案，可以說是綽綽有餘。但你的犯罪也不是一直都那麼幸運，雖然你找了一名替身者，但萬萬沒想到他會幫你得獎。那名無辜的替身者也不可能確定自己可以得獎，當宣布得獎名單沒有自己時，可能就拍拍屁股走人了。還好你作案後又迅速回到比賽現場，裝作若無其事上台領獎，以致於代游詭計並沒有被揭穿。」

「說完了吧，講得跟真的一樣！你有什麼證據？」岳紹平不耐地回了一句。

「你不是說過之前都沒什麼練過游泳，能得獎自己也很訝異，你以為那是你的實力嗎？這個詭計你犯下的最大錯誤，就是你並不知道被換過的代游者速度有多快。而運氣不好之處就在於，竟然剛好換到一個游得比你快很多的人。如果你不服氣的話，敢不敢現在游一次給我看！」士源指著一旁的泳池大吼著。

「哼！原來這就是叫我帶泳具的原因。」岳紹平說完突然大聲對士源嘶吼著。「媽的！我就游給你看！」

岳紹平氣憤地到一旁迅速換好泳褲，士源只是冷冷看著。

一直都沒有說話的王教授突然開口：「我想，天氣也已經變冷，還是讓紹平多一點時間暖身再做秒測。」

岳紹平開始做起暖身操，也許是天氣冷的關係，臉色看起非常蒼白。做到一半時，突然對士源平心靜氣說著：「是不是從小就以暴制人，從來沒有人敢教訓你、忤逆你，就變得如此跋扈？說起來真的很諷刺，即使我知道打架打不贏你，但我的個性就跟你的個性一樣高傲不屈。你愈是威嚇我，我就愈想反抗。還有最後一件事，也許你會覺得為什麼有個漂亮的女孩倒貼，我竟然不肯接受。撇開後來發現援交的事不說，那是因為你沒有真正體驗過那種被死纏爛打的恐怖。我有自己要走的人生，也有我自己喜歡的女孩類型，明明就已經多次拒絕過她，她卻還是如此窮追不捨。你覺得要我跟不喜歡的人在一起，我會開心嗎？當知道她到處說我是她男友時，你知道我有多氣憤嗎？」

岳紹平看著遠方，陷入一陣靜默，不久後才語帶無奈繼續說著：「而她後來更一再做出多少讓我覺得非常不舒服的舉動。唉，沒有人會了解我的感受。說真的，每次被搞得快要發瘋的時候，真的很想殺了她，我真的再也無法忍受這種女人，她是我這輩子最後悔認識的人！」

看著愈說愈激昂的岳紹平，士源完全無法理解，這樣就可以構成殺人動機。

王教授突然把士源拉到一旁小聲說著：「我想他下水也還要再熱身一陣子，不如我們先出去讓他靜一靜，好好想想。」

不待士源回答，王教授直接把他拉了出去，並回頭對岳紹平喊著：「你等一下下水也要再好好熱身一下，天氣真的有點冷。」

面對指導教授的關懷與好意，岳紹平沒有做出什麼回應，只是緩緩下水開始慢游。

岳紹平凌亂的姿勢，應該不是個游得很快的人，但他確實很努力划手打水，搞不好真的奇蹟出現，會在三十六秒內游完。

士源與王教授向泳池外移動，王教授拿出碼表突然大叫：「哎呀，我怎麼這麼糊塗，竟然拿了一個沒電的碼表！」

王教授衝向停在一旁的腳踏車把鎖解開，並把筆電放進腳踏車籃說著：「張先生你在這等一下，我趕快回系館再拿一個。」

原本王教授作勢就要騎上腳踏車卻又停了下來，不停摸著衣褲口袋並開口說著：「嘖！怎麼搞得，最近總是如此糊塗，我的手機又到哪去了？」

看到王教授手忙腳亂，可以想像他最近應該為了這件事非常心煩。不過跟他接觸的幾次經驗看來，有時候也確實就是這樣糊裡糊塗的。

「啊，可能在游泳池的廁所裡。」王教授說完轉身朝向泳池內奔去，卻又回頭叮嚀了一下。

「張先生，幫我顧一下腳踏車和電腦，我一下就回來！」

王教授匆匆忙忙穿過小門跑進泳池，也許原本就不想讓自己的學生在寒風中泡在泳池太久，發現碼表無法使用，才會如此慌張。

士源蹲坐在泳池高牆外，看著學生來來往往，展現多麼青春的氣息。而自己呢？也許就如岳紹平所說，兩人高傲的個性實在很像，因此不斷產生摩擦。等會兒測完秒數後，他真的就會乖乖俯首認罪嗎？

不到一分鐘的時間，王教授拿著手機跑了出來：「哎呀，我真糊塗，之前洗臉的時候放在廁所洗手台忘了拿。」

王教授騎上腳踏車後，又往士源招手說著：「多謝幫我看車跟電腦啦，我們校園內小偷可是很多的。其實我覺得紹平自尊心很強，我們這樣出來反而對他比較好吧。剛剛我只進去一下，在廁所看不見他練習的樣子，但聽到很大的打水聲，可以想見他是多麼努力！」

士源還是不發一語，王教授繼續說著：「如果等一下他秒測遠遠超過三十六秒，證明他是兇手以後，你覺得他會乖乖認罪嗎？跟他相處也不算短，我知道他的個性相當執拗，當你愈是逼他，他就愈會反抗。讓他好好靜一靜，也許等一下練一練就會知難而退俯首認罪。」

接著王教授又開始出現老人「碎碎念」的長篇大論，士源完全失去興趣，沉溺在自己的世界。

「啊……」過了一段時間，王教授才有所驚覺。「我在幹嘛，今天的池水應該很冷，怎麼這麼多話？真是職業病，得趕快回去換個碼表。」

王教授帶著歉意笑了一下，這才終於離開。

士源繼續坐在泳池外，想著以自己的個性，如果今天這件事發生在自己身上又會如何？自尊心……自尊心……高自尊心的人會願意承認自己的錯誤嗎？

不到十分鐘，王教授帶著新碼表回來，而筆電已經放回研究室。

「呼，好累。」王教授氣喘吁吁。「我可是用飆車趕回去，我們現在可以進去測秒了。」王教授上氣不接下氣緩緩跟在士源後頭，從小門進入泳池後卻沒聽見打水聲，不知道岳紹平在做什麼。

要進入室外泳池，男生一定要先經過男廁所，女生則要經過女廁所。雖然泳池早就被他們「包」了下來，但還是選擇從男廁穿過。

一股莫名的不安朝士源襲擊而來，突然想通高自尊心的人除了不會輕易認錯外，還有另一種選擇。

——那是士源最不願意見到的結局。

平靜的池水沒有任何激盪的水花，反而是一個人的軀體在池中漂蕩著。

士源不加思索直接衝向池邊大吼著：「岳紹平，岳紹平，你在幹嘛！」

面朝水中的軀體仍然沒有反應。士源跳進池中，但衣服吸水之後，變得格外沉重。不擅水性的士源拼命游向岳紹平，池水濺得眼睛痛得無法張開。

「為什麼，你到底在想什麼，自尊心又如何！」士源把岳紹平翻了過來，但岳紹平明顯已經沒有生命跡象，士源朝向天空嘶吼著。「犯錯又如何，誰不會犯錯，你不是不願向惡勢力屈服嗎？這樣不就向我認輸了，你這懦夫，懦夫！」

任由士源不停吶喊卻也喚不醒岳紹平隨波擺盪的身軀。

士源頭痛欲裂，雙眼佈滿血絲，兩頰溼熱，究竟是淚水還是池水，他也分不清楚。他覺得再怎樣也不可能為這個逃避現實的懦夫流下任何一滴眼淚，但卻還是……。

八、

清晨，在冰冷的空氣中再次驚醒。已經不知道是第幾次，總是做著同樣的怪夢。

士源擦著額上的冷汗緩緩起床。這陣子一直夢到在一片漆黑中，芷儀向他招手，臉上掛著令人不寒而慄的詭異笑容，而他卻像中邪般無法控制，只能慢慢移動過去。突然場景轉換，一下又跑到C大泳池，看到岳紹平使盡全力，即使泳姿慘不忍睹，還是努力游到終點。到終點後興奮地拿著碼表大叫：「破紀錄了！我在三十六秒內游完！」但一瞬間笑臉馬上消失，取而代之的是猙獰的恐怖表情。岳紹平揮舞四肢，把士源緊緊纏住，士源卻完全使不出力氣，任由岳紹平強壓入水。幾分鐘過去，再也憋不住氣，卻又無力抵抗，只能眼睜睜看著自己溺斃。這時腦內突然劇烈疼痛，一股力量不斷翻滾，士源用力將頭抱住，卻也無法抵抗這股劇動。沒多久他的腦袋應聲爆開，腦漿四溢，而裡面卻爬出一個血淋淋的怪物不斷嘶吼著。仔細一看，才發現那是另一個自己，但表情卻是邪惡無比。

士源作了一個深呼吸。案件已經結束，士源立了大功，和之前的過失相抵也被復職了，但不知為何卻有一種失落。

那夜岳紹平經過王教授「心肺復甦術」急救仍然回天乏術。警方最後以岳紹平「畏罪自殺」結案，士源漂亮破了一案，瞬間成為新聞媒體口中讚揚的「警界奇葩」，也有不少電視節目邀請士源參加訪談，但全部都被士源直接拒絕。

士源很不習慣這種一夜之間從狗熊變成英雄的感覺，雖然沒有因此升官記功，但由於不斷受到贊揚，長官也終於開始賦予重任。這一直是士源所希望的，但不知為何，即使受到重用，辦起案子還是提不起勁，有種力不從心的感覺。

士源決定今天給自己放個小假，溜去露天咖啡廳休息一下。

由於還在上班時間，街上的人潮並不是很多，看起來相當冷清。入冬的第一波寒流來勢洶洶，氣溫驟降到十度左右，大家開始穿起大衣，並打著各式各樣的圍巾。

士源懶洋洋喝了一口咖啡，儘管苦味濃烈，卻還是提不起精神。

「警界奇葩」的封號算是一種平反嗎？士源不這麼認為，畢竟兩條年輕的生命就這樣走了。尤其後來岳紹平的自殺，即使多麼討厭生前的他，岳紹平的死卻讓士源痛心不已。也許就像岳紹平所說，從以前就很少有人敢忤逆士源，而他卻一再反抗，從來沒遇過這樣難纏的小子，或許他身上真有些許士源年輕時的影子。即使那時岳紹平被逮捕，罪也有可能不至於死刑，但他還是選擇了那樣的結局，令士源惋惜不已。

而芷儀也已入土為安，過了一個多月，身影早已遺忘，惟一留下的印象，只記得長得十分漂亮。

看著烏雲密佈的天空，士源心情不覺沉悶起來。自從破案後再也沒有拜訪過王教授，也許是不想再碰觸任何關於這件案子的回憶。

今天也沒什麼特別理由，就是想去C大晃晃。士源將涼掉的咖啡一口喝完，直接起身前往C大。

C大沒有多少改變，其實這麼短的時間裡，也改變不了多少。士源閒晃到體育館外，看到一旁的佈告欄，好奇地走了過去。

上面貼著全校游泳比賽成績，不過只列出各項的前二十名得獎者。成績表的角落還列了一個可以查詢歷年得獎紀錄的網址。

男自由式的那張紀錄，依序往下瀏覽，看到第十七名的岳紹平，不知道被誰用螢光筆畫了起來，旁邊還寫了「C大之恥」四字。士源皺起眉頭，不知道是哪位好事者寫的，但不管怎樣這個人會有士源來得了解整個案情的來龍去脈嗎？即使岳紹平再惡，隨著社會聲浪一同批評的人，又有多少人是真正了解事情的所有細節，經過仔細研究才發出批判？

士源搖搖頭，把成績紀錄撕了下來，揉進一旁的垃圾桶裡。

繼續漫步，走到了那天與岳紹平第一次見面的咖啡廳，但只是在門口觀望，並沒有進去。

咖啡廳裡人煙稀少，顯得相當安靜，一陣刺耳的手機鈴聲響了起來，破壞了寧靜的氣息。一名學生急忙接起手機講了起來，士源覺得想到了什麼，卻又一閃而逝。

看到咖啡廳沒什麼吸引人的事物，轉往最後一站——C大室外泳池。滿布天空的烏雲，宣告不久就要下雨，士源快步移動到室外泳池。

那夜由於泳池公休，正門口拉下鐵捲門，所以看不到裡面的景象。今天的室外泳池對外開放，因此正門也是開的，從透明玻璃可以看到裡面有許多學生在泳池裡上著體育課。

從正門進去，需要門票或泳証，才能進一步通過廁所前往泳池。而此刻門口的管理員不在位置上，士源管不了那麼多，就直接進了男廁。

通過男廁後，士源出現在游泳池畔。池內成群學生嘻鬧著，也許校方封鎖消息，大部分的人只從新聞得知兇手是同校的學生，但並不知道那晚在這裡發生了什麼事情。

泳池邊掛著白板，上頭寫著今天的水溫十五度，底下還有池水的含氯量和餘氯量。

士源看著白板陷入沉思。

一滴雨水往士源身上滴了下去，緊接著又是一滴，看來就要下雨，但沒想到一會兒就變成傾盆大雨。

士源急忙跑進男廁躲雨。儘管外頭雨勢劇烈，但在這個半密閉的空間，反而顯得寂靜無比，令他再次陷入沉思。

一個奇怪的念頭，在腦中漸漸形成，使他震驚不已。他發現了一個驚人的事實，一個他打死也無法相信卻又千真萬確的真相。

作者的便條紙－貳

之前是否有順利破解了岳紹平的「不在場證明」？如果有，恭喜您真是太厲害，只可惜完全中了「真兇」的詭計！

在此，所有關於本案的線索已經全部呈現，還活著的登場人物也只剩下兩人，雖然已經死亡的人物也有可能是嫌犯，但真正的兇手明顯就是「那個人」了！而他的犯案手法又是如何？大膽假設，小心求證，兇手就在登場人物中！

再次聲明一下，這不是「給讀者的挑戰書」，而只是善盡作者告知讀者的義務。

秀霖

九、

今夜的氣溫創入冬來新低，已經晚間九點多，王教授仍待在研究室閱讀期刊。

「砰！砰！」

門外傳來一陣急促的敲門聲，但王教授沒去理會。

「我知道你在裡面！」門外男子咆嘯著。

由於來者相當不善，王教授不覺警戒起來。

突然一聲巨響，門被踹開了。眼前出現的是一名黑衣男子，身上還加了一件黑色風衣，帶著黑色皮手套，儼然就是「黑色惡魔」。

「啊，是張先生啊，你也沒必要這麼暴力吧！」王教授顯得非常不悅。

士源沒有回應，只是怒視著王教授。

「你到底想幹嘛！」王教授覺得莫名奇妙，相當生氣。

士源還是沒有回應，神情相當恐怖，就像變了一個人似的。

「你到底要幹嘛！」王教授站了起來。「你敢亂來，我就叫警察！」

「對不起，我就是警察！」士源咧嘴一笑。

王教授用顫抖的雙手小心翼翼撥起一旁電話求救著，但還沒撥完就被士源直接整台丟了出去。

「想報警嗎？我不是說過，我就是警察，有什麼事要找我嗎？」雖然士源輕柔地說著，卻令人相當不安。

士源把王教授拉到一張椅子上強行壓下，同時也拉了另外一張跨坐在上，雙手交握托著下巴，眼神相當冷峻說著：「我想我們是不是應該平心靜氣好好談談？」

士源明顯就在壓抑一觸擊發的怒火。

驚魂未定的王教授不停顫抖，但也只能乖乖聽從士源的命令。

「你記不記得一個多月前，就是案發的那天下午，你說因為跟岳紹平有約才獨自待在研究室裡？」

「嗯，是啊。」王教授回答著。

「你還記得那天下午門外的牌子，那塊可以移動的格子是擺在『請進』、『勿擾』還是『不在』？」士源朝門的方向指了一下。

「應該是『勿擾』或『不在』吧！我不太記得。」王教授想了很久。

「當然你不可能擺在『請進』，因為那天下午你根本不在研究室裡！」

「你想說什麼！」王教授眼睛睜得奇大。

「你知道嗎，很不幸地，前天我找到一個當天下午有來找過你的學生，他說那天在研究室外不管怎麼敲門都沒回應，而你事後竟然沒跟警方說過這件事，因為你確實不在裡面！」

王教授眼皮跳了一下，遲疑了一會兒才又開口：「真有這種事！我不是說過，我即使在研究室裡，不想被打擾時，也會假裝不在。這有什麼好奇怪的？那天下午好像是有敲門聲，我又不知道門外是誰，跟警方說了也沒什麼用處。」

「哈！哈！哈！」士源大笑三聲。「我還以為你會說因為在專心看著期刊，所以沒有注意到敲門聲。告訴你，怪就怪在這裡，如果門外的人是岳紹平你怎麼辦？不是跟他約好？一直假裝不在裡面怎麼跟他見面？」

「雖然有跟他說過下午都在，可以隨時來找我，但我想即使不理會敲門的人，如果外面的人真的是他，還是可以用手機跟我取得聯絡。」

士源再次笑了起來：「手機！手機真的可以聯絡到你嗎？記不記得那天下午兩點四十五分有一通芷儀打給你的電話，你說因為把手機丟在一旁所以沒有接到電話。」

王教授沒有回應，士源起身順勢推倒原本跨坐在下的椅子，並走向王教授繼續說著：「你自己想一想，你跟岳紹平有約，又不去理會外面敲門的人，而且手機又被你丟在一邊。他若真的跟你有約，也根本進不來研究室！」

「你！」王教授想要站起來，卻一下就被走到面前的士源壓了下去。

「還不止這些，你說過手機從來不設震動，一直都用鈴聲，我記得還是很刺耳的鈴聲。」士源走向辦公桌，把上面的手機擺進抽屜裡。「雖然你說那天因為手機擺在一邊，所以沒有接到，現在可以實驗看看，即使有點誇張，把手機擺在抽屜裡關起來，聲音可以減少多少？」

說完士源開始撥打手機，沒多久王教授抽屜裡的手機響了，鈴聲雖然像被罩住，但聲音依舊非常清楚，在整間研究室裡迴盪著。

「你是不是想說當電話打來的時候，正好離開去上廁所？可是我記得你說過兩點到三點半之間都在這裡專心讀著期刊，還可以把內容清楚告訴我！」士源聲音逐字加大。「因為那通電話根本是你在命案現場，用芷儀手機打給自己，也許怕手機訊號被衛星定位，你自己的手機沒有帶去，所以根本聽不到手機鈴聲。而打那通電話的目的，就是為了讓自己成為頭號嫌疑犯。天底下不會有人笨到讓自己成為第一個被懷疑的人！而你反而利用這種盲點將我們耍得團團轉！」

「你！」王教授原本顯露出憤怒的情緒，卻又在一瞬間轉為平靜。「哈！哈！這又如何，也許之前的證詞會產生矛盾，是我自己記錯，怎麼能因為這樣就誣賴我。之前不是跟你上過一課，人的記憶是很不可靠的。不是還說過，以前在美國有個案例，三十幾歲的女人，憑著六歲的模糊記憶，控告父親那時對她強暴，引起很大的爭議，也引發心理學界的大震撼。」

「最後他父親還因此被定罪，引發更多的研究與討論對吧？而且人的記憶又分成長期記憶與短期記憶是吧？」士源已經聽了好幾次，乾脆把王教授要講的話說完。

「所以我才說人的記憶並不可靠！」王教授補了一句。

「哈！哈！」士源笑了兩聲，王教授以為士源是有所理解才笑了起來。

但士源的笑容倏然消失，突然變成猙獰的表情，兩手迅速捉住王教授衣領，把整個人拉了起來。

「幹！」士源奮力把王教授推到書櫃邊。「很會演嘛你，明明精明得很，少跟我在那邊裝傻！」

士源說完又把王教授往前重重撞了兩下，幾本書受到震動掉了下來。

「我告訴你！」士源狠狠瞪著王教授。「剛剛說那個來敲門的學生，是我編出來的！媽的，還要繼續演嗎！」

王教授先是神情驚慌而後轉為惱怒說著：「你……你設計我！」

士源還是緊抓王教授的衣領說著：「那天你不但去命案現場殺了人，還設法嫁禍給岳紹平。知道他在C大沒認識多少人，那天比賽現場也不會有什麼人認識他。即使真的不幸遇到什麼認識的人，那天現場人山人海，案發期間他身邊也不可能隨時有人。我想這麼精明的你，同時身為指導教授的你，一定預先查過，而且也很容易，那天不太會有他認識的人出現。再來就是你最恐怖的詭計，當天下午其實人不在研究室，而是混進比賽現場。那天相當晴朗，許多人都做著防曬措施，所以就算把臉部遮了起來，也不至於在那裡格格不入。等到確定岳紹平檢錄後的賽程，估算好時間，把他跟某人名單上的欄位調換，讓他在案發時間比賽。當然，你也知道他不是很會游泳，替換的人也是經過事先調查。每年成績紀錄都會擺在網站上讓人參考，你故意讓他跟一個游得快很多的人替換，而那人是從往年成績紀錄上找到，今年又有參加的人。而且故意找那種在前二十名邊緣的人，即使今年被掉包後沒得獎也不會讓人起疑。最可憐的是岳紹平，從以前都沒測過秒數，也許到死為止都還以為那個獎是以他實力所得。事後又把所有比賽的相關紀錄、檢錄單銷毀，設計成像是岳紹平為取得『不在場證明』的樣子！」

「笑話，如果我去殺人，怎麼掌握比賽現場狀況？如果有什麼事讓比賽延誤，那一切不就失敗。」即使衣領被緊緊抓住難以喘息，王教授還是努力說著。

「還不簡單，你可以偽裝選手一直打電話去掌握狀況，也不會被人懷疑。你為了不留下通聯記錄，恐怕是用公共電話，或是用家人的手機打的吧！」

「那我又要如何確定之後會有個人照著計劃來破案。拜託，怎麼可能一路都那麼順利。」

「哈！哈！」士源嗤笑了兩聲。「你是我這輩子遇過最恐怖的智慧型犯罪者，擅長操縱他人腦部！」

「哼，難不成覺得我用藥物控制你不成。」王教授相當不以為然。

「可以說是差不多！打從一開始，你用芷儀手機打給自己的另一項作用，除了讓自己第一個被懷疑外，還有一個目的，就是讓你也被新聞媒體迫害，好讓有同樣遭遇的我對你產生同理之心，取得信任。」士源改用單手抓住王教授衣領。「我想那天中午你打給芷儀的電話裡，她可能把我這號人物的事跟你說了，而你本來就對我有所研究，臨時修改計畫，決定選我作為詭計中的棋子。我很懷疑，很多此案的新聞爆料投書，就是你的陰謀！」

「被害妄想症是你精神疾病症狀之一！」王教授狠狠回了一句。

「哼，你的詭計就是希望有個類似『偵探』的腳色依照你設下的劇本來破案，我就這樣不知不覺成為你的演員。」士源說完高舉右手，一拳往王教授打了過去，整個眼鏡歪了一邊。

「使用暴力、不能控制情緒也是你精神疾病症狀之一！」王教授沒有抵抗，只是冷冷說著。

士源沒有理會，繼續剛才的推理：「而為了使你的演員能順利按照劇本演下去，還不斷給他提示！已經不只一次，不，是三次拿著印刷錯誤的草稿跟我抱怨，其目的是要提示我劇本裡岳紹平是把檢錄單的姓名欄調換，就像草稿印刷錯誤的兩行要對調一樣。原以為只是巧合，但後來想想根本就是你故意做得！」

「胡思亂想沒發生過的事、嫁禍他人也是你精神疾病症狀之一！」王教授繼續重複類似的話語。

「幹！」士源怒吼一聲。「繼續演吧！」

「媽的！」王教授突然奮力反抗，力量比想像的還要大上許多，士源竟被一把推開。

士源被推開後，馬上反射性做出防禦姿勢，但王教授並沒有攻擊過來，只是扶正眼鏡、整理衣領。

「哼，『人格分裂』者，要不要聽聽我的推理。」王教授相當冷靜說著。「打從一開始，我就知道你有人格分裂的精神疾病，你以為我一直跟你說『人格』、『記憶』這些東西要幹嘛，我一直研究著你的病情。」

聽到王教授的這番話語，士源覺得不可思議，相當震驚。

王教授繼續追擊，氣勢凜然瞪向士源說著：「你知不知道，你體內存在著另一個邪惡的自己，一個暴力的自己，一個會殺人的自己。跟你說『二十四個比利』的故事，就是希望你會自己發覺『人格分裂』這種症狀；跟你說『人的記憶並不可靠』是因為你現在這個人格，完全沒有另一個人格的記憶，一直以為自己沒有做過殺人的事，還若無其事繼續偵查案子，打從一開始芷儀就是另一個你殺的！」

士源瞪大雙眼無法置信，但不一會兒還是勉強擠出笑容說著：「怎麼可能，少唬我，我明明就有不在場證明。」

王教授搖搖頭，以同情的眼神看向士源說著：「一開始我也很納悶。跟你說過，我一直私下調查這件案子，當知道你有雙重人格疾病時，我也盡最大的努力想要治好你。即使用了藥物，用了訪談法，還是無法了解你的另一個人格到底在什麼時候會出現，也一直無法確定是不是你的另一個人格殺了芷儀。直到後來在泳池的那夜裡，明明就只有我們兩人在場，而岳紹平後來卻死了。」

士源鼻翼動了一下，神色非常難看。

王教授繼續解釋著：「剛剛看到你對我暴力相向時的恐怖表情，可以想像那晚岳紹平一定也是被你以同樣的表情暴力逼問，然而你卻一直不知道其實真正的兇手就是自己。後來可能是你怒不可遏，不幸讓另一個邪惡的人格出現，岳紹平就這樣被你強壓入水溺死。」

「什麼時候的事，我沒有這種印象。」士源努力回想，卻怎樣也想不起這段記憶，語氣變得很不確定。

「唉……」王教授嘆了一口氣。「這也不能怪你，現在這個『你』也不會知道，每次轉換人格時的記憶都不會讓另一個人格知道，反而是用另一個人格想像的記憶來填充那段空白。我想岳紹平就是在我離開回去拿碼表時，被另一個你所殺害。我不知道你後來跳下去泳池救人，是不是為了掩飾先前殺害岳紹平時身上留下的水漬。唉，如果我那時候不要回去系館就好。」

「你到底在說什麼，那我第一件案子發生時都在警局，怎麼可能殺了芷儀？」士源臉色蒼白，不停顫抖著。

「經過第二件案子後，我確定兇手就是你，而開始想著如何破解第一件案子的『不在場證明』。案發那天路況不佳，來往現場需要四、五十分鐘，而你沒有證明的時間只有三十多分鐘，不管怎麼想好像都不可能犯罪。但後來發現你另一個邪惡的人格，真的是一個超智慧型犯罪者！」

士源相當迷惘，努力搜尋那一天的記憶。

「你的職業非常特別。」王教授輕閉雙眼說著。「即使路況相當不佳，要在三十幾分鐘內來往簡直輕而易舉！」

士源呼吸變得相當急促，王教授開始宣佈答案：「因為另一個聰明的你，竟然想到使用警車，或是警用機車，而後者較為方便。開啟警笛後，一路上通行無阻，別說三十分鐘，要在十幾分鐘內飆完都有可能。路人看到頂多留意一下，也不會特別記下何時何地看過響著警笛的警用車。更何況事件到現在過了一個多月，想要找到目擊證人更是難上加難，好一個巧妙的心理詭計，真是令我不得不佩服的智慧型犯罪者！」

「所以說他們……都是我殺的嗎？」士源四肢無力癱坐在地，接著雙手掩面低頭不語。

王教授得意地笑了起來。

「哈！哈！哈！哈！哈！」

出現一陣狂妄而恐怖的笑聲，但不是來自王教授，而是從癱坐在地的士源口中傳出。士源突然抬起頭來，眼神變得相當銳利，之前喪氣的表情完全消失，簡直判若兩人。不到一秒，士源就由坐姿爬起，彷彿一頭猛獸向前直奔。王教授見狀況不對，轉身拔腿就跑，但仍一下就被撲倒在地。

士源用力壓住王教授，接著就是一陣亂打，即使隔著皮手套，還是不減拳頭威力，打得王教授方型眼鏡粉碎變形。

「這就是你想要看到的那個人格嗎？」停止毆打後士源咧嘴一笑，活像個來自地獄的惡魔。王教授摸著劇痛的鼻子，已經血流如柱，卻也不敢抵抗，任由士源壓制在地。

「哈！哈！哈！」士源惡魔般的笑聲再次出現。「你以為我真的會相信你嗎？你真的是我這輩子遇過最狡猾的兇手，我配合你剛剛的劇本演得好不好啊，要不要頒個奧斯卡最佳演技獎給我！」

面對士源的嘶吼，王教授只是摀住淌血的鼻子沒有回應。

「這拳為了芷儀！」士源突然又對王教授打了一拳。

「這拳為了紹平！這拳為了差點被你嫁禍的自己！」士源接連又是兩拳。

王教授痛得眼淚直流，頭髮凌亂，非常狼狽。

士源瞇起雙眼說著：「你知道嗎？剛剛還真的差點相信你說的鬼話！後來想想就更確定你是兇手。這不過是你最後一道防線，看來你已經黔驢技窮了。」

「哼！惡質刑警，你想刑求我嗎？」王教授還是按著鼻子想要止血。

「在我百分之百確定之前，不會刑求任何人的，這是我的原則！」士源忿忿地說著。「你對我真的太過了解，還可以編造這種莫須有的事實來混淆我。但你自己看看，如果真的就像你所說，我有兩個人格，另一個人格會瘋狂殺人，你還會在這種四下無人，無法保證自身安危的情況下，告訴我這個事實嗎？你現在不是活得好好的，你這舉動只是讓我更確定我的想法！」

「呸！」王教授即使相當痛苦，還是對士源吐了一口血。「你被害妄想症真的很嚴重！」

士源憤怒地緊握雙拳，就要打了過去，卻又停了下來，恢復冷酷的表情說著：「哼！你剛剛打斷我的推理，我還沒說完呢？」

士源從王教授的身上離開，接著兩腳伸直，以手撐地坐在一旁說著：「你演技真的太過高明，或許該說你鑽研犯罪心理學非常徹底，一切是演得這麼自然，自然到無法察覺。」

一旁的王教授閉著眼睛靜躺在地，雙手壓著鼻子沒有回應，士源繼續說著：「你的詭計真的過於細膩，細膩到當我發覺真相都不禁毛骨悚然。你前陣子就觀察到我戴的手錶是指針式而非電子錶，所以沒有碼表功能，因此放心地提出那天自願帶碼表來測秒。犯案現場也是你借的，謊稱想私下讓岳紹平俯首認罪，所以不要有其他人在場，但真正的目的是為了方便犯案。你非常了解在你操弄之下的線索，會迫使我最後不得不用測秒這招讓岳紹平認罪，也很了解以他好勝的個性，一定會答應下水測秒，一切戲碼就這樣開始。那天你主動說岳紹平熱身要一段時間，希望讓他自己靜一靜好好想想，我連思考的機會都沒有就被你拉了出去。出了泳池門口，完全看不到裡面發生什麼事情，這便是你詭計厲害的地方！」

王教授還是維持輕閉的雙眼，但開口反駁著：「你在胡說什麼，我進去短短不到一分鐘的時間，怎麼可能犯案？如果我把岳紹平強壓入水致死，一分鐘內真的可以完成嗎？難道他不會劇烈掙扎嗎？而且如果你突然進來，整著犯案過程不就被你撞見？」

面對王教授一連串的提問，士源只是輕笑了一下：「你這老賊！之前還不斷跟我塑造岳紹平有著超高智商的印象，其實真正最狡猾的人是你。你詭計細膩的程度，真的細膩到令人作嘔！你假藉要回去系館更換碼表，將腳踏車鎖解開。因為我戴的錶是指針式，不像電子錶可以計時，所以也只能讓你回去。而那天你又帶了另一個犯案工具——筆記型電腦。原以為你只是一下課就趕來，沒有多想什麼，想不到這卻是詭計中最重要的道具，堪稱全案中最經典的道具！」

士源這時改以單腳屈膝坐在地上，而雙手合抱放在膝蓋前說著：「你假裝要回去找手機，將上萬元的筆電丟在腳踏車籃裡，並囑咐我要幫你顧好。一切就是這麼自然，我完全不會懷疑有什麼陰謀。外頭滿滿都是學生走來走去，你覺得我會拋下上萬元的筆電，跟你進去嗎？我被你用計完全定在原地，所能做的只有靜靜等你回來而已。」

王教授皺起眉頭依舊不作回應。

士源繼續開口：「後來你用藥物將岳紹平昏迷，所以能在一分鐘內完成犯案。你可能假藉有話要說，把他叫到池畔迷昏，接著他就會自己溺水。我一開始還想不通，這樣事後不會被檢驗出來嗎？後來看到泳池旁的白板才知道，游泳池水會加氯消毒，我想你就是使用類似『氯』的藥物，或者就是使用『氯』將他迷昏。即使事後遺體檢測出『氯』也不會多加懷疑，因為池水本身就含『氯』，生前溺水一定會吸入大量池水進入肺部，也增加了事後查出的困難度。而本來沾在死者口鼻上的藥物也可能被池水沖掉。犯案出來後還特別跟我閒話家常，人的缺氧一但超過十五分鐘後，存活機率微乎其微。而你的劇本實在寫得太好，以至於我真的一直以為岳紹平是畏罪自殺！」

士源突然右拳搥地大吼著：「你知道我為此有多自責嗎！」

「算了吧，你不都漂亮破案，成為警界奇葩，少在那假惺惺。」王教授終於開口，卻以非常酸的口吻說著。「而且你知不知道『氯』和『氯仿』並不是相同的東西？」

「哼，是又如何，不是又如何？我知道你對化學很在行，你一定可以找到其他水溶性的藥物將他迷昏，事後又不留下證據。」

「有創意，但你卻提不出這項證據。」

「幹！」士源惱怒，踹了王教授一腳。「我一直回想你那天藥物到底藏在哪裡，一路上都沒有看到類似的東西，唯一可能的地方只有你隨身帶來的筆電。問題是你犯案時筆電整包擺在外面，實在不太可能。後來終於想通，你又再次操縱巧妙的人心，把藥物藏在不會經過的女廁裡，後來證物大概也是在女廁裡銷毀吧，我只能說整個犯案過程真的是細緻過頭了。」

王教授沒有答腔，士源繼續開口說著：「你知道我怎麼開始懷疑你的嗎？你那天說你進去找手機時聽到岳紹平奮力的打水聲。你當然有聽到，因為你是進去殺害他，跟我說這些話只是想製造他當時還活著的假象。但你知道嗎？我昨天又來C大一次，去室外泳池閒晃，不幸遇到傾盆大雨，迫使我跑進廁所躲雨。但在那個半密閉空間裡，我卻聽不到任何雨聲。想起那夜你說你在廁所聽見岳紹平的打水聲，我覺得非常不可思議，這才發現你是整起案件的真正兇手。」

王教授嘴巴動了一下正想開口，卻被士源直接插起話來：「哼，又想說人的記憶不可靠對吧。老套了，可不可以換點別的藉口，那場大雨是上天對你的懲罰！」

王教授這時總算張開眼睛，面無表情說著：「說了那麼多，不會口渴嗎？你到底有沒有確切的證據，證明我才是真正的兇手。你都只是抓一些小錯誤，卻沒有強而有力的證據。這件案子，搞不好很單純就是芷儀自殺身亡；或是芷儀被紹平殺害，而後紹平畏罪自殺；第三種可能，芷儀自殺，紹平後來也想不開自殺；第四種可能，這些人都被你另一個邪惡的人格殺害；第五種可能，芷儀自殺，而紹平被你殺害；第六種可能，芷儀被你殺害，而紹平殉情；第七種可能，兩件命案根本無關……」

不待王教授繼續說明，士源露出恐怖的笑容搶先說著：「第八種可能，這兩人都被你用計殺害，而我是你犯案的工具之一。還可以有更多種排列組合不是嗎？哈！哈！這樣不就變成多重結局的『羅生門』嗎？老實說，我真的很佩服你，佩服到想拜你為師！」

「呵，呵，我本來就是老師。」王教授開懷笑著，露出沾滿血跡的一排牙齒，並使勁從地上坐了起來。

士源冷冷看向王教授，繼續開口說著：「我知道你是兇手，但我推理都建構在我們兩人才知道的對話和行為矛盾。之所以會找我當犯案的棋子，因為你知道我精神狀況一直不是很穩，即使最後要上法院作證，你也一定有辦法讓法官不採信我的證言。真是高明的詭計，讓案子拖了長達一個多月。這世界的案子只分成兩種，一種是『懸案』，另一種叫做『結案』。我們警方辦得相當疲憊，後來終於找到一個兇嫌，讓整件案子從『懸案』變成『結案』。」

士源說著說著把帶著皮手套的右手伸了出去，做了一個邀請握手的姿勢說著：「握個手吧，王教授，您真的是『完全犯罪』。」

王教授爽朗地笑了起來，也把手伸了出去：「呵，呵，想藉此讓我鬆懈嗎？我不會中計的。」

「不敢，不敢，我很清楚兇手就是你。」士源握緊王教授的右手，讓他痛苦掙扎著。

「喔，此話怎講？」王教授忍著疼痛故作鎮定，接著他也不甘示弱使勁全力捏了回去。

「哈！哈！」士源睜大雙眼苦笑著。「因為我非常清楚我沒有殺人，所以人一定是你殺的！」

「呵！呵！同樣的話也還給你，我很清楚我沒有殺人，兇手當然是你！」王教授逐字加強力道。

「那我再套一句你說過的話，『人的記憶是不可靠的』，你怎麼確定你的記憶是正確的？搞不好你也人格分裂！」士源咬牙笑著。

「喔！搞不好我們兩人都是兇手！」王教授說完，兩人相視而笑。

但士源力氣還是遠遠勝過王教授，逐漸佔了上風，而王教授眼淚都快流了出來，但只能忍痛笑著：「你又想刑求我嗎？告訴你，如果我真的是如你所說那種超智慧型犯罪者，我敢讓你進來，也絕對有把握不會讓你活著出去！」

「哈！哈！你相不相信我能赤手空拳把你打死，你以為每個警察都應該是正義的使者嗎？」士源繼續笑著。「正如你所說，我體內有另一個邪惡的惡魔存在著。儘管法律社會有很多漏洞，為了伸張正義，我會不擇手段，即使是多麼不被允許！」

王教授開始感到不安，體力卻又耗盡，完全無法抵抗士源強而有力的右掌。而士源則帶著非常詭異的笑容說著：「你知不知道我今天是從那台沒有攝影機的運貨電梯上來的？而我對警察辦案程序真的非常熟悉。就因為你那套『完全犯罪』完美到無法破解，唯一的辦法只有把你那套『完全犯罪』稍加修改再還給你！」

「你到底在說什麼？」王教授眼神流露出無比的恐懼。「你想做什麼，你神智到底還清不清楚……你不是警察嗎，怎麼可以如此胡來？」

「哈！哈！哈！」士源滿佈血絲的雙眼，如同撒旦般地邪惡。「對不起，我不想做警察了！」

「那你想做什麼？」

「第九種結局，我非常確定的結局——殺了你的兇手！」

……。

（完）

一篇Plurk文
救排球

本篇小說是否也為徵文獎的參賽作品？答案是的，不過並不是「台灣推理作家協會」的參賽小說。第五屆徵文獎一口氣投稿三篇作品，還有另一個原因，就是想告訴自己，如果連投稿三篇都沒得獎的話就別再參加了。結果一如「往常」入圍決選但沒有獲得首獎，自然對隔年繼續參賽已是興趣缺缺。一開始確實是源於徵文獎而持續每年創作，到後來心境有所不同，有沒有參加徵文獎似乎也不是那麼重要，想把創作重心逐漸轉往長篇小說上。不過當年年會結束後的聚餐，還是在大家的慫恿下，連小說題目和類型都幫我訂好，叫做〈煙、酒和檳榔〉的社會派推理小說。當晚回家後就開始動筆，幾天內便完成初稿。即使知道社會派是一個難度極高的類型，不過因為沒有一定要獲獎的強烈動機，也沒有不容批評的創作包袱，還是勇於嘗試這項艱難的挑戰。結果可想而知，就是在推理作家陳嘉振為我撰寫的〈損龜傳說〉中再增添一筆新紀錄。

不過〈煙、酒和檳榔〉這種明顯致敬其他小說的取名創作模式，卻從此開啟我惡搞名作的無聊舉動。從第八屆台灣推理作家協會徵文獎開始，已經被拉進文學獎評審團隊，自然無法再參加協會徵文獎。協會為了鼓勵我們這些沒有參加徵文獎的成員繼續創作短篇推理，特別舉辦「華山論劍」會內徵文比賽，每一屆均會指定主題或限制條件，而參賽作者幾乎都是出版過長篇小說的創作者，想來賽況必然十分激烈。第一屆會內賽並沒有參與，到了第二屆「華山論劍」主題為「無血推理」，剛好手邊就擬過很多惡搞的短篇小說名稱想寫，例如看完歌野晶午《櫻樹抽芽時，想你》，突然浮現〈廁所沒紙時，揍你〉的題名靈感，故事大概會是某人上廁所發現沒衛生紙而想痛扁前一個使用者的恐怖小說，但寫來恐怕會媲美推理漫畫名作被讀者戲稱的「汪洋般的殺意，鼻屎般的動機」，所以最後還是選擇致敬伊坂幸太郎《一首PUNK歌救地球》的電影題名，在「無血推理」的主題限制下，完成短篇小說〈一篇Plurk文救排球〉，也是個人第一次嘗試「無血推理」的創作。這篇小說當初在比賽結果公布前，推理作家陳嘉振與知言都跟我斷言會是第一名，讓我暗爽了好一陣子，心想難道損龜魔咒終於就要破除。最後的評選結果，這篇小說以一票還是兩票之差，其實已經有點忘了，就是令人非常扼腕的些微差距敗給了冷言學長的優秀作品，得到了當屆比賽的第二名。不過這篇小說能拿到第二名已是極大的榮幸，即使沒有破除損龜魔咒，也應該要歡欣鼓舞才對，但，令人最惋惜的是，嗚，一步之距豐厚的獎金全沒了。

1

「喂，妳看，這篇噗浪回文還蠻白癡的說。」坐在我身旁的小晴喃喃說著。

我冷冷看了一眼，明明相約在學校的電腦中心一起做期末報告，為什麼這位小姐反而一直分心瀏覽無關的網頁。

「噗哧——」小晴又忍不住笑了一聲，要是我們的小組報告內容那麼好笑，我還可真要擔心不已。

「妳看，妳看！」小晴輕晃我的肩膀，確實讓我有些生氣，不過在她螢幕上出現的噗浪網站，倒是深深吸引了我的目光。

這個噗浪網站做得相當細緻，背景照片風景亮麗，連網站的人氣指數也異常的高，每一篇文章旁邊顯示的回應數至少都有五、六十個以上，有個甚至已經破百，而加入粉絲團的人數竟然有四百多人，看來這網站的主人真不是普通人。

「到底有什麼好笑的？」我聳肩問著。

「沒什麼，我覺得底下一群癡漢的回文很好笑——」

「癡漢？」我有些不解。

「看一群不認識的宅男在底下回文內容就覺得很白癡。」

我看看小晴，再低頭看看自己身體，或許她很能理解這個噗浪站主人的心情吧。因為小晴她屬於那種氣質出眾、外型亮麗的女生，現在網路世界中能夠爆紅的網站，不靠亮麗外型撐起也很難。我呢，都已經是即將畢業的大學四年級，外型不管怎麼打扮，都還是像個女高中生，一切都是娃娃臉惹的禍。雖然常常聽到別人無意間說出看起來年紀很小、很可愛之類的話語，倒還是比較羨慕像小晴這樣充滿女人味的亮麗外型。

「這該不會是妳的噗浪站吧？」我突然想到這個可能性。

「呵呵，是啊。」小晴很大方直接承認。

我瞇起雙眼，這該不會是她想炫耀吧。

「不過能夠有那麼高的人氣，都得歸功給妳啊。」小晴毫不在乎說著。

「我？為什麼？」

小晴將網頁往下拉。噗浪站的主人擺得竟然是某個女明星的照片，連人名也是。

「喂，喂，小晴妳這玩笑開得也太大了吧！」平時處事謹慎的小晴，竟然會做出這種事，真讓我有些難以置信。

「帳號本來就是先搶先贏啊！網路世界的申請資料本來就不用填真的，又沒有人可以保證我們的資料不會外洩。而且我也沒有說過我是那個明星，妳自己看這張照片，是我啊，又不是那個女明星。況且我公佈的名字是我的綽號，只是剛好也是那個明星的綽號，我可沒有侵犯她的任何隱私權和姓名權。」

我仔細再看了那張貼在網站上的照片，確實不是那位人氣女星，而是小晴以前高中所拍的藝術沙龍照。小晴因為某些角度神似那位女星，一直有著和那位女星一樣的綽號，而藝術照經過角度捕捉和圖片修正，確實會和本人有些不同，也難怪一般人可能會搞錯。

「不過這跟我有什麼關係？」我疑惑地問著。

「因為我一開始開站的時候，高中同學來這裡，都會鬧著玩，叫著那個綽號，再加上──」小晴停了一下。「我有時候會把妳以前跟我講的一些高中的東西PO在上面分享，久而久之，好像愈來愈多人誤會──」

什麼意思？我仔細回想。

「什麼？」我睜大雙眼說著。「難道說妳把以前我高中在排球社的事情PO上去了──」

小晴點點頭。

這樣一來，一定更多人確信這個噗浪的主人就是那位女星。因為那位女星以前跟我就讀同一所高中，而且還是同一個社團，不過是大我六屆的學姐。這些事情是在上星期娛樂新聞中看到的，也是在那時，才知道有個已經當到人氣偶像的學姐在同一個社團。

「我真的沒想那麼多，噗浪PO文原本就是短短的心情記事，有時候就是沒頭沒尾──」小晴繼續拉動時間軸隨意瀏覽。「上星期那篇新聞報導訪問到那位女星，又說自己以前高中是打排球的，再加上我先前真的有貼過一些關於妳高中的事情，也不是故意要騙大家，後來愈來愈多人以為我就是那個女星，人氣就在那篇娛樂新聞播出後，開始有人口耳相傳，一下就湧進一推人，我也不知道該怎麼辦——」

小晴說得好像很難為情，我想心理應該很高興才對。但也不能怪她，自己雖然以前就知道那個也叫作小晴的女星是同校畢業學姐，但從來沒想過她會跟我參加過同一個社團。

「妳覺得我應該怎麼辦？」小晴露出苦笑。

「就大方承認妳不是小晴就好啦！」

「可是我本來就是小晴啊——」小晴笑著，繼續隨意滑動螢幕上的時間軸。

「咦，等等——」我伸手抓住小晴移動的滑鼠。「怎麼每篇文章都有同樣的留言——」

在小晴隨意打開的近期留言，都一定會看到一則同一個人明顯而突兀的留言。

這些重複出現的留言讓我有些在意。

「哪一個留言啊，自從人氣暴增後，什麼怪留言都有，會很奇怪嗎？我已經見怪不怪了——」小晴聳聳肩。

「小晴，我建議就先這樣下去就好了，是大家自己誤會，也不是妳刻意要誤導。」我突然想起重要的事。「喂，小晴別鬧了，今天再不趕出期末報告，明天就完蛋了啦！」

「好啦好啦，就先照妳的意思，我們先做報告要緊。」小晴說完才心有不甘把噗浪網站的視窗關閉。

2

整個期末報告弄到了晚上，總算把小組需要討論的部分弄好，剩下的只要各自回去整理，明天再一起彙整就可以交出去了。

不過一回到家，心理卻還是想著小晴下午的那個噗浪網站，儘管充滿好奇心，但在小晴面前還是擺得一副毫不在乎的模樣，繼續期末報告的討論。不過現在回到家後，就可以盡情遨遊在自己一個人的網路世界。

小晴的噗浪網址即使只是匆匆一瞥，我還是把帳號記了下來，因為跟那個女星的英文名字幾乎一模一樣，這樣要不讓別人誤會也就更難了。一直都有上噗浪網站的習慣，不過正如小晴說的一樣，自己當初申請的資料也不是正確的。我不喜歡和不認識，尤其是素未謀面的人產生互動，一直都只是申請了帳號默默看著朋友們發生什麼事。雖然很多噗浪站即使是沒有帳號也能夠來去自如，只不過有些功能還是要在有帳號的情況下，才能夠啟用，所以才用假名申請了一個帳號。其實不只噗浪站，很多地方的申請資料也都用同一套假資料申請。

我無法像小晴那樣，將自己的心情赤裸裸公布在所有人面前，也可以說不像她對自己那麼有信心吧。更不用說是Facebook，這是打死我也不會用的東西，因為Facebook的網路連結能力太強，很有可能被很久以前認識的人突然找到，想想真是太可怕了。

進入小晴的噗浪網站，和下午看到的相去不遠，不過好像多了一則新的文章，點下去發現內文很短，只有「今天好累——」這樣四個字。發文時間看一看不過半個小時前，大概是小晴回宿舍後馬上發表的文章，底下卻已經擠滿了二十幾篇留言，不外乎是「小晴加油啊！」、「我為妳打氣！」、「妳是個正妹，好想認識妳！」之類的文字，看來所有人已經認定這個噗浪站就是那個人氣女星「小晴」的網站。

我繼續往前搜尋，在三個星期前的幾篇文章中，陸續看到了小晴說的那個關鍵字○○高中，也就是我的母校。還好小晴沒有把以前我在高中排球社發生的不愉快回憶張貼出來，一路上的提心吊膽只是自己的空想，終於讓我鬆了一口氣。

從高中就開始接觸正式的排球訓練，雖然不是那種校隊頂尖的程度，卻也耗費了不少心力，尤其是高二那年還當了社長，排球幾乎已經是高中生活除了讀書以外留下來的全部回憶。

其實小晴的那幾篇文章也只是提到○○高中的排球場怎麼樣怎麼樣的，如室外場地邊那一整排的飲料販賣機，不但可以解渴又可以在炎熱天氣下遮陰，是在酷熱天氣中最佳的夥伴。文章中並沒有說她是這間學校畢業的，雖然我有跟小晴分享過高中的一些往事，也給她看過我們校園的照片，不過想不到她會知道校園中那麼細微的地方，而且竟然還記得那麼清楚，也難怪其他人會誤會她也是○○高中畢業的學生。

小晴在高中以前，並沒有接觸過排球這項運動，是在進入大學後才開始參加系上的女排。在我高中畢業進入大學之時，其實並不想繼續從事排球這樣的運動，想在新生活中嘗試不同的社團活動，只是在大學第一次的自我介紹中，在大家追問下，只好供出高中社團是排球社。不說還好，一說馬上被系上學姐拉進女排，又和排球牽起了不解之緣。

其實高中雖然當過一學期的社長，不過論球技，並不是很突出，只能算是中上的球員，並不是所謂隊上的主將，勉強來說也只是行政能力還不錯，幫社團跑跑腿而已，也因此到後來在這項運動上並不能得到很大的成就，才會想要轉換跑道。雖然這並不是真正想脫離排球的主要原因，但或多或少也有影響。

不過在加入系上女排後，卻因為擁有高中的基礎訓練優勢，即使在高中女排成績普普，反而成為大學系上女排主將。也因為和小晴同在女排度過了三年的時光，升上大四雖然已經逐漸淡出系排活動，還是和小晴有過三年隊友的深厚情誼。

繼續搜尋小晴網站上的文章，下午那篇一直重複出現的奇怪留言，竟然在小晴最新留言中再次出現，算起來是在第三十一則留言。看來這帳號的主人，似乎一直有在留意小晴的噗浪網站。

我實在有些好奇，藉由連結點進了那個留言帳號的噗浪網站，不過由於這個帳號設定成為私人狀態，所以看不到噗浪文章內容，也無從推測到底是何方神聖，不過在底下個人資料還是可以看到性別和年齡。

——一個暱稱「小櫻」的十七歲女孩。

難道那些留言是真的嗎？

不過也不能排除是假資料的可能性。

3

「小晴，妳報告的部分完成了吧？」

「當然啊，隊長大人！」

小晴在把隨身碟交給我的同時，還刻意擺出敬禮的動作。

「少來，隊長早就是N百年前的往事了——」我苦笑回應。

「哪有，現在一定還是一堆人叫妳隊長——」小晴反駁著。「算了，算了，叫妳前隊長總可以了吧——」

「好啦好啦，別管這個了，我等一下把妳的報告部分加進去，再檢查一下就要寄給教授了喔。」

「那當然，我的部分已經CHECK過N遍，不可能找到錯字的。」小晴自信滿滿地說著。

「唉，大學生涯最後一個期末報告就這樣結束了——」

「呵，感嘆什麼啊，再也沒有報告不是很好嗎？像我覺得快要畢業感覺超愉快的，最討厭讀書、寫報告的！」

「是嗎，像我可還真不知道畢業以後要找什麼工作——」

「哎呀，妳煩惱什麼，不是還計畫要先出國遊學半年，以後再煩惱吧。」小晴還是一副無憂無慮的樂天模樣。「像我是真的要開始出去工作，我可是很期待、很興奮的呢！」

「那有想要找什麼樣的工作嗎？」

「這個啊——」小晴搖搖頭，並露出了苦笑。

兩人之間突然一陣沉默，場面變得有些尷尬。

「對了，那個——」我打破沉默，想要詢問小晴昨天看到的那則留言，卻又有些遲疑不知道該如何開口。

「啊，隊長大人，我最近在我的噗浪站有留意到幾個留言覺得很奇怪，不知道要不要跟妳說，昨天有些猶豫，也就沒說了——」

我睜大雙眼，有些吃驚。小晴竟然把我想講的話，相去不遠地說了出來。

還是只是我的誤會？

「是一個叫做『小櫻』的十七歲女生留言的那個嗎？」我想進一步確認，總不會真的那麼巧吧。

「喔，隊長大人，看來妳後來也去看我的噗浪站了啊？」

「不行嗎，妳昨天自己給我看的。我本來就會有事沒事上上朋友的部落格或是噗浪站關心一下，是妳自己那麼沒意思不跟我說的——」我裝得有些不悅。

事實上以我和小晴三年的隊友交情，卻一直被這樣隱瞞，老實說心中沒有疙瘩絕對是騙人的。

「是、是、是，我錯了，隊長大人——」小晴吐吐舌頭。「不過妳看，我一有異狀還不是就馬上通報妳了——」

「算了，先別爭論這個了，妳覺得那個留言怎麼樣？」

「嗯，這我不知道耶，畢竟網路世界的留言真真假假，誰也不知道是不是真的。」小晴凝視遠方。「會不會真的是妳的母校發生什麼困難了啊？」

「嗯，我看到那些重複的留言也是這麼想的——」我停了幾秒。「感覺好像是——」

「像是需要那個叫做『小晴』的學姐幫忙的樣子——」小晴率先脫口而出我的想法。

「唉，看來好像有學妹也以為妳就是那個女明星『小晴』了——」我無奈地聳聳肩。

「這樣有什麼不好，是個美麗的誤會——」小晴興奮地說著。「搞不好我們真的可以幫上什麼忙呢！」

「是嗎，現在根本就不能確定是發生什麼事——」我有點苦惱。

「所以我昨天才想把這件事告訴妳啊，也只有妳才有辦法知道是不是妳的學妹們發生什麼困難了。」

「嗯——」我輕皺眉頭。「我已經畢業快四年了，現在的高中學妹早就都不認識了，要我怎麼知道那個十七歲的女生是不是真的——」

「可是也只有妳有辦法和妳的高中學妹聯絡啊。」

「是這樣沒錯，但是真的沒有聯絡管道——」我愈說愈小聲。

我看著小晴，她那雙睫毛濃密的大眼睛，還是那樣動人。

「啊，對了。」我輕拍小晴肩膀。「既然對方都誤認為妳是那個『小晴』，為什麼不主動聯絡看看——」

「妳的意思是要我乾脆自己聯絡那個『掛名』是十七歲的女生，我怎麼知道她是不是真的是妳學妹！」小晴有些不悅地輕鎖眉頭。

「也只能這樣了啊，不然也沒有其他方法了——」

「那妳怎麼不自己連絡看看！」

「這個啊——」我遲疑了一下。「我沒有噗浪帳號啊。」

當然，我撒了謊，我總不能把我的帳號告訴小晴，然後當她加入好友就會發現我其實是個三十多歲的中年大叔。

「去申請一下就好了，我可以教妳。」小晴苦口婆心勸著。

「不、不用啦，我雖然喜歡上網看看朋友的動態，不過真的沒有申請帳號的習慣，像是FACEBOOK那種一定要帳號才能閱讀的，我打死也不會去看。」我吞了口水。「算啦，這不是重點啦，重點是那個號稱學妹的人，是要找『小晴』妳耶，我就算申請別的帳號不是很奇怪嗎？就拜託大明星小晴妳先聯絡看看，聯絡到以後我再來處理啦。」

「這——」小晴面有難色。

我也知道她的顧慮，要是那些留言的主人，並不是資料上面顯示的十七歲女孩，而是偽裝成學妹的死宅男，這下小晴可就真的中計。

這樣的懷疑，也不是沒有道理，就連自己都在網路上裝成中年大叔，還有什麼資格否定小晴的疑慮。

「好嘛，小晴，就當作是做做善事，也是功德一件，畢業前總要做些不一樣的事，瘋狂一點也沒什麼不好，反正就將錯就錯——」我拉著小晴的右手。「要是真的只是個神經病無聊人士，再像MSN一樣把她封鎖不就好了，噗浪應該有這樣的功能吧？」

雖然在噗浪網站有個中年大叔的帳號，但還真的不是很清楚有什麼詳細的功能。

儘管已經脫離高中長達四年的時間，畢竟還是當過高中排球社社長，對那社團有著難以割捨的情感，學妹們要是有什麼困難，總不能真的這樣放手不管。

4

點下「送出郵件」的按鈕後，寄出了期末報告，可以算是宣告大學生活已經結束。期末考、報告還是原文書什麼的，好像都可以暫時遠離，如果順利畢業的話，老實說這份報告的成績也不是那麼重要。不過這也只是多慮罷了，畢竟我的課業雖然不到書卷獎的等級，但一直以來在系上學期總成績至少也有前十名。

在家上網才有自己的私密空間，我實在無法像小晴一樣在電腦中心那種公共場合，瀏覽那些可能會引人側目的私人網站，或許也可以解釋為她的個性比較外向。一如往常般隨意瀏覽朋友的部落格與噗浪站，看到幾個高中同學，有些已經找到不錯的工作，有些則是已經通過國外留學的相關考試，真讓人羨慕不已，不過儘管對於朋友發生的任何事情有什麼感想，我也只是默默看著，並不會做出任何回應。

登入那個用在註冊噗浪站的郵件帳號後，竟然發現意想不到的訊息。

——那位十七歲的女孩竟然回信了。

昨天只是在不抱希望的狀況下發出這封短訊，想進一步詢問這位十七歲女孩到底發生了什麼事，想不到竟然還會回信。

這位只顯示暱稱「小櫻」的十七歲女孩，不斷在小晴的噗浪網站留下「學姐，妳好。我是○○高中的學妹，我們排球社非常需要幫忙。」

儘管這些文章內容，在一群宅男的洗版下，不管是小晴的文章內容或是那一群人的回文，根本就和排球壓根兒扯不上關係。不過昨天小晴在電腦中心隨意展示噗浪網站時，我就剛好看到這些穿插在每篇文章中的突兀留言。

昨天在好奇心的驅使下，用了這個偽裝三十多歲中年男子的帳號，表明自己也是「小晴」的粉絲，想要知道到底發生了什麼事，一直重複出現突兀的留言。本來也只是寫好玩的，心想這種對方一下就能查出來的帳號，一看是個中年大叔，一般高中女生怎麼可能回應。

——想不到竟然在收件匣中出現署名「小櫻」的回信。

剛看到回信標題的署名，我就想到應該是那名十七歲的女孩，再看內容就更為確定了。

信件內容寫著：

ＸＸ先生您好，我是〇〇高中的學生，最近在娛樂新聞上看到小晴學姐的新聞，因為有急事想要找她，不知道ＸＸ先生有沒有聯絡小晴學姐的方式。感激不盡！

〇〇高中　小櫻

看起來是還蠻像高中女生的文字，至少我是這麼認為，但已經脫離高中時代將近四年了，也許一切都變了。

從信中也可以猜測這個署名「小櫻」的高中學妹，也是從一星期前的娛樂新聞中發現女星「小晴」學姐是排球社的吧！

雖然覺得很不好意思，但實在無法確定小晴是不是真的會依照我的要求，傳訊息給這個高中學妹，還是同時兩邊進行會比較保險，我只好硬著頭皮再用這個大叔帳號回了一次信。

小櫻妹妹妳好，我只是一個普通的上班族，就我的猜想，那個噗浪網站上的文章，極有可能只是經紀人轉貼的文章，小晴本人未必真的有上站瀏覽。不過身為小晴多年的死忠粉絲，多少有些管道的可以嘗試看看，只是不能保證一定能夠取得聯絡，但請靜待佳音。

不過我有些好奇，是不是貴校的排球社發生了什麼事，如果方便的話，可以稍微透露一下，或許真的聯絡上小晴時可以先跟她轉述一下。

上班族　ＸＸ先生

完成了這封奇怪的信件，我猶豫了半天，還是按下「傳送」的按鈕。

再過去看看小晴的噗浪網站，今天倒是沒有新的文章，不過昨天的那篇文章，回應數卻已經破百。

「畢業前總要做些不一樣的事，瘋狂一點也沒什麼不好——」為了勸進小晴，我是這麼說的。想想大學這四年，過得還真平淡。排球、上課、排球、考試、排球、報告、排球——好像一個無限循環。

送出郵件後，還是不會很期待有什麼回信，甚至覺得都已經畢業那麼久了，〇〇高中的排球社說實在跟我幾乎已經沒有關係，又何必插手學妹們發生了什麼事。

抬頭看看書櫃上一包塵封已久的資料夾，裡面裝的就是高中排球社的各種資料。因為當過一學期社長，理所當然擁有全部社員的名冊，包括通訊地址和電話。印象中我還花了不少心力整理前幾屆學姐的聯絡資料，好能時常請學姐們回來指導。

我拿出那疊泛黃的資料，那時我做的通訊錄有些部份還是用手寫的，在大學四年精美學期報告的洗禮下，實在覺得自己當初真是沒有任何美感。

在社員通訊資料中，只到小我一屆的學妹，或許可以藉由一屆一屆追查下去的方式，找到這個在噗浪網站留言的小櫻學妹，不過實在過於麻煩，個人意願也不是很高，況且當初也是因為在高中排球社和下面一屆發生了一些不愉快，才會想在大學停掉這項活動。而且當初大家都只留下室內電話，有些學妹雖然有手機，經過四年，恐怕也已經換過號碼。

再看看我整理的校友資料，竟然長達十屆，不過零零散散相當不齊全。查看前六屆的學姐名單，當然也找不到「小晴」的資料，更何況「小晴」也只是藝名，真正的本名我可能還要再上網查一查。

繼續隨意翻閱資料夾內的各種文件，有些記憶模糊，有些印象深刻，倒是勾起了不少高中排球社的回憶，當然也包括了不好的回憶。

5

又回到了離別已久的高中校園，自從高中畢業後，可以說是再也沒有踏進校園一步。儘管在大學一年級，高中同學還會相邀回去參加校慶，不過基於最後在排球社留下的不好回憶，深怕在學校中遇到那些同屆隊友或是學妹，就完全提不起勁重回校園。

熟悉的建築物依舊矗立在校園之中，不過有些外牆可能經過整修，已經和當初印象中的樣貌有些出入。從圍牆外可以看見校園中的排球場，那個塵封已久的遙遠記憶，不過以前種植在排球場四周的遮陰大樹，竟然已經全數移除，取而代之的反而是一整排的飲料販賣機。而操場上原本老舊的體育訓練器材也已經全數翻新，和當年的模樣有了很大的出入，感覺校園的整個色調因為重新上漆的亮度，給人煥然一新的不同印象。

算一算離開高中已經四年，就以往的社團經驗，還會回來熱心指導的學姐，大概也僅限於剛上大學的大一新生。等到升上了二年級，不管是因為課業加重，或是大學生活的其他誘惑，根本也不會想去管這些學妹們的死活了。這樣說起來，當初那些和我發生不愉快的相關人士，應該是不可能再出現在校園附近，更何況那些以前同屆的隊友，應該也跟我一樣即將大學畢業，在大學校園都有拍不完的畢業照，也不會無聊到想跑來高中母校。

看看手錶，過了約定時間，還是沒有看到小櫻學妹的身影，看來搞了半天我真的被騙了。正常的高中女生怎麼可能會答應和一個資料看起來就是三十多歲大叔的人赴約，雖然我在信中提到已經透過管道聯絡到○○高中排球社畢業校友，同時也是「小晴」的朋友，有方式可以聯絡「小晴」，會先去和小櫻學妹見面，好當面了解狀況。那個畢業校友指的當然就是我自己，不過那個「小晴」當然不是那個女明星，而是我大學同班同學的「小晴」，只是講得比較隱晦。

又過了二十分鐘後，總算出現一個身穿○○高中制服的女孩，耳邊貼著手機講著電話，出現在校門口東張西望。雖然不確定是不是小櫻學妹，不過至少確定眼前的她不是個怪理怪氣的變態偽裝，讓我放了不少心。

幾經打量，直覺上應該不會有錯，等待女孩掛掉手邊電話，我從遠方走過去搭話。

「妳是小櫻學妹嗎？」

「咦？妳是——」這個女孩以相當疑惑的眼神盯著我。

在女孩疑惑的眼神中，我似乎可以看到她的想法：這個人和我想像的不一樣，怎麼看起來像個高中生。

儘管我已經特別戴上項鍊和耳環，稚氣的娃娃臉我想我也無法改變。還好今天是整日多雲的陰天，所以氣溫還算涼爽，要不然平時根本就沒有配戴這些飾品的習慣，要是天氣一熱，尤其是脖子上的項鍊，一定會讓我坐立難安。

「喔，所以妳就是那位學姐嗎？」這位學妹若有所悟。「是的，我就是小櫻，不好意思來晚了。」

「呵呵，沒什麼，我也剛到而已。」我盡可能擠出身為學姐的親切笑容。「我們不要在校門口談，我帶妳去這附近的咖啡店坐一坐好了。」

小櫻學妹看起來個性相當開朗，不疑有他，一下就點頭答應了，也讓我暫時鬆了口氣。

我帶著小櫻學妹前往距離學校有一段路程的連鎖咖啡店，刻意避開可能會出現○○高中學生的地方。

「學姐，那個上班族大叔是怎麼找到妳的啊？」小櫻喝了幾口拿鐵後突然問著。

「這個啊——」突然被這樣問到，倒是讓我有些吃驚。「該怎麼說呢——他是我大學同系畢業的學長——」

——還好我臨時想到這個藉口。

「所以學姐也是上班族嗎？」

「喔，不是不是，今年大學才要畢業——」

聽到學妹這麼說，倒讓我有些開心。

「咦，那還真奇怪，那個之前寫信給我的人已經三十幾歲，跟學姐應該也差很多屆吧？」

我突然覺得有些不妙，不過都已經說出口，我也不能再說「小晴」是我同學，因為年紀上差了六年。

「我也不是很清楚，就突然有人轉告我說有個畢業已久的學長有事要找我，可能我在系上的排球還算有名啦，大家都知道我是○○高中畢業的，我們學校在高中排球界也是小有名氣的啊。」

「喔，原來如此──」

雖然我也不知道自己到底在說什麼，不過小櫻學妹竟然露出一副恍然大悟的表情。

「先不討論這個了，學妹妳們現在社團到底怎麼了，怎麼會需要這樣在網路上求救？」

「嗯，怎麼說呢，好像五年前那屆學姐們發生一些事情，從那之後社團聽說開始由盛轉衰，到後來原本的教練離開後，我們社團已經維持無教練狀態四年多了，對外比賽的成績也每況愈下，根本沒有學妹想加入我們社團了。」小櫻學妹說得有些憤慨。「啊，對了，剛剛都忘了問，學姐妳是哪一屆的？」

「我啊──」我尷尬地笑了笑。「我有重考過一年，還有雙主修所以延畢一年，算一算可能大妳們七屆有吧，所以也不知道後面幾屆發生什麼事，好像有稍微耳聞過而已──」

我謊言愈扯愈遠，還真不知道會不會被識破。反正我本來就沒有要踏入校園的打算，更何況是排球社的社辦。況且當年所能蒐集到的校友資料本來就很不齊全，就算我隨便報個假名，現在的學妹也不可能知道我是哪一屆的學姐。

「不過學姐看起來真年輕，還以為才大我一、兩屆，想不到大我七、八屆，也難怪會認識

『小晴』學姐——」

「呵呵，對啊，她是我學姐，一起練過球，偶爾還會聯絡，只是最近愈來愈少就是了。」

我笑了笑。實在沒想到剛剛的扯謊，還可以順便合理化與「小晴」的聯絡管道。

「那這樣真的是太好了！」小櫻學妹邊攪拌咖啡邊說著。「上星期看到小晴學姐的娛樂新聞，也沒想到她會是我們社團的學姐，不知道有沒有方法可以親自接觸到小晴學姐，想請她幫個小忙——」

「有什麼地方可以幫忙的，妳說說看吧，不過妳也知道小晴學姐不大可能隨便和外人接觸，但我可以幫妳轉告——」

聽完我的話語，小櫻學妹看起來有些失望，不過還是開口：「這個啊，竟然妳也是學姐，我也不會那麼不好意思開口了——」

我和善地點點頭，大概也知道小櫻學妹會說出什麼樣的請求。

「我——我想請小晴學姐，在她的噗浪網站上，只要——只要多PO幾篇○○高中排球社的現況和困境，看看能不能藉由小晴學姐名氣的影響，對我們下學期的招生有些幫助，至少、至少讓學校知道我們的困境，願意替我們聘請教練——」小櫻學妹有些很難為情地說完這段話。

「嗯，我懂妳的困境，畢竟我以前也——」我突然止口，差點說出自己當過社長。「也是○○高中排球社的一員，我會幫妳跟小晴學姐轉告的，這點妳就放心好好招生下學期的新生吧。教練的問題，我想應該會有解決辦法的。」

「那真是太感謝學姐了！」小櫻學妹靦腆笑了笑。

「放心吧，我想小晴學姐也不會那麼無情，畢竟我們都是她的學妹——」我把手邊剩餘不多的咖啡一飲而盡。「所以小櫻學妹應該是最近才接下社長的工作嗎？」

我看著小櫻學妹制服上一年級的學號線條，作出了如此的推論。

「嗯——」小櫻學妹點點頭。「不過連我在內，目前下學期還願意留下來的社員只有四人，再這樣下去別說是打出什麼好成績，根本就不能出賽，又不能硬拗要準備指考的高三學姐，我很怕社團會——」

在小櫻學妹最後一句話還沒說出口前，我就先起身輕拍她的肩膀：「學妹，別擔心啦，好好做好妳份內的工作，剩下的事，我就真的問問看小晴學姐能幫上什麼忙了。好好加油吧！」

6

「喂，小晴嗎？就是關於那件事啊——」

回到家後，我上網看了小晴的噗浪網站，多了一篇心情文章，底下照例出現數十筆的瘋狂回應，不過已經看不到小櫻學妹的留言。

為了進行和確認下一步的動作，我打電話給小晴。

「呵呵，隊長大人，有什麼事啊，最後一個暑假的第一天過得如何啊？」電話傳來小晴充滿活力的聲音。「啊，不過應該不算暑假了——」

「小晴，關於○○排球社那件事，妳有聯絡嗎——」

「這個啊，有啊，昨天被妳拗成那樣，怎麼敢不照作。」

「那有後續的消息嗎？」我問著。

「這個啊，妳等等我——」小晴停頓了幾秒。「似乎還沒有。」

「喔，妳現在在宿舍喔？」

感覺小晴剛才是在確認新訊息。

「對啊，怎麼了？」

「那妳今天下午有出去嗎？」

「剛放暑假的第一天，一整天都待在宿舍不想出去——」小晴笑了笑。「也不是啦，外面太陽那麼大，就算全副武裝出門，熱都熱死，而且我有很多東西要打包，再過不久辦完離校手續，我可是會被趕走的，還是晚一點辦離校手續好了。」

「拜託，妳們宿舍我也去過，明明就很涼快，又可以冷氣無限開，連餐廳都有，還真的可以一整天宅在宿舍裡。」

「怎麼樣，羨慕吧，妳一起搬過來住吧，只剩十幾天可以住了。」

「還當真呢！算了，不跟妳再聊下去，免得手機費暴增。那如果有進一消息要通知我一下，記得先不要回信，一定要通知我喔，掰掰啦。」

我掛斷電話，腦海中卻浮現下午在帶著學妹前往連鎖咖啡店途中所看到的怪異情景。

那時在路上和學妹走著，我在過馬路時無意間回頭，卻看到身後的遠方有著和小晴很像的身影，不過由於穿著緊密，還帶著遮陽帽和太陽眼鏡，一時之間也讓我不是很能確定。而那名疑似小晴的身旁，還跟著一名打扮時髦同樣帶著大墨鏡的男子，乍看之下還以為是小晴未曾向我介紹過的祕密男友。

但在我再次回頭想要進一步確認時，那對男女卻已經轉身往相反方向離去，當下也覺得只是自己眼花，不過總覺得兩人的背影相當熟悉。

剛才和小晴通過電話，才知道她一整天都待在宿舍，那還真可能是因為我要開始對小櫻學妹扯謊，一時緊張過頭看錯。要不然那時還可真是陷入兩難，小櫻學妹曾經跟我一起回頭，還好並沒有很仔細看著那對男女，也可能是沒有認出來。那時要是學妹認出疑似「小晴」的人，誤以為是女星「小晴」，我還可真不知道該怎麼在沒有事先套好的情況下跟小晴應對。

不過話說回來，難道我在下午遇到的人就是那個女星「小晴」嗎？

——現在想想還真有這個可能。

明星般的隱密穿著，刻意戴著遮陽帽和太陽眼鏡，就是不想讓人看清楚真正面貌，而在她身旁的那名男子，同樣也是穿著時髦和戴著大墨鏡遮住臉部，要不是經紀人，很可能就是八卦新聞最愛追逐的緋聞男星。

其實那名男子的身影，感覺也相當眼熟，若不是我平時並不熱衷於國內男星，也許就能一眼看出是哪一名男星。

我愈想愈有可能，因為女星「小晴」學姐也是〇〇高中畢業，和神秘緋聞男友一起回母校晃晃也不無可能，而且事後回想，他們應該是撞見我和小櫻學妹，才突然轉身走向另外一頭，感覺是在刻意閃避。如果不是因為我的回頭，對他們造成的心理上的不適，大概就是看到身穿〇〇高中制服的小櫻學妹出現在他們眼前。

天底下竟然有那麼巧合的事情！

才打算讓小晴在有意無意中繼續扮演女星「小晴」，然後在噗浪網站上登高一呼，讓〇〇高中排球社的事情鬧上媒體版面，這樣一來校方在輿論壓力下，就不得不重視這個歷史也算悠久的傳統社團，總不能真的放著不管讓社團倒閉。

只不過屆時一定會讓真正的女星「小晴」知道這個噗浪網站，一定得同時讓小晴在不觸犯法律的情況下全身而退。

但在這之前，小晴已經傳訊給小櫻學妹，今天我又在化名下，佯裝是上班族大叔的大學同系學妹和小櫻學妹見面。

現在小櫻學妹一定會以為是我回去轉告了女星「小晴」學姐，而後「小晴」學姐作出了回應。

不對，如果小晴是在我和小櫻學妹見面前就已經寄信的話——

今天下午這個「假」學姐身分，也是在不得已情況下才想出的，原以為小晴並不會依照我的要求發出訊息，才會親自上陣確認情況。想不到小晴的好意幫忙，現在卻有些打亂我的計畫。

看來真的得再好好思考下一步該怎麼做了。

7

想不到隔天，在我登入中年大叔帳號的信箱後，收到了小櫻學妹的感謝函，信中還提到了那名可愛的畢業學姐相當親切，並且已經和「小晴」學姐取得聯繫。

我實在有些在意，竟然被一個年紀足足小我四歲以上的小妹妹說很可愛，真不知道是該傷心還是開心。不過看來學妹似乎是在和我見面之後，才收到小晴的信件，誤以為是藉由我的轉告，小晴才主動聯絡的。只是既然學妹已經和小晴通過信件，怎麼還沒接到小晴的電話？

「喂，小晴嗎？」我按捺不住還是先打了過去。

「怎麼了？」

「有收到回信嗎？」

「咦？我都忘了。妳等我一下——」小晴說完消失了一陣子，而後才又出現。「哇塞！妳也太料事如神了吧，怎麼之前收訊都沒有，被妳一說就中了！」

「妳怎麼那麼宅啊，每次打給妳好像都在電腦前stand by——」

「屁啦，還不是為了妳和妳的學妹！」小晴不悅地說著。「我可是正在發表拯救○○高中排球社的噗浪文章，本來想說在正式PO文前再打電話跟妳討論，想不到妳就先打來了。」

「咦，那學妹回信說什麼？還是妳已經回信給她了？」

「呵呵，妳感覺很著急嘛——」小晴笑了一聲。「她信上說她透過一個大七屆畢業學姐的管道，還真的聯絡到我，非常感謝我主動聯絡——」

「嗯。」我邊拿著手機邊點頭。

「咦？這麼說來那個學姐該不會是妳吧，妳有跟那個小櫻學妹先聯絡過嗎？我可是沒有收到什麼其他人的信啊？這點我還蠻納悶的。」

「怎麼可能，我又沒有噗浪站帳號，才會一直拜託妳聯絡，而且我又不是大七屆的學姐——」我趕緊否認，要是假扮中年大叔的事情被發現，還可真是無地自容。

「真奇怪，該不會也有其他○○高中排球社的校友，也注意到這件事了吧？」

「先別管這個了，那個小櫻學妹還有說什麼嗎？」

「她委婉請求我PO噗浪文，述說○○排球社的困境，希望能藉由明星學姐的人氣，引起大家的重視，至少迫使校方能先聘請教練再說——」小晴停了一下。「信中是有提到五年前的事，那不就是隊長大人以前高中的那件事嗎？想不到還真對後面的學妹造成了不良影響，傳統名校排球社真的因此衰落，難怪妳對這件事會顯得那麼積極——」

本想講幾句話反駁回去，不過一時之間也想不出什麼更好的理由，或許小晴說的沒錯，高中那段不願再回憶的社團往事，就是自己這次那麼想彌補那段錯誤的主要原因。

「喂，隊長大人妳還在嗎？」小晴語氣顯得有些擔心。

「在啊——」

「好啦，先不管這個，所以我才想說照著學妹的要求PO一篇噗浪文，反正都已經被大家誤會是女星『小晴』，乾脆將錯就錯，幫幫妳學妹了。」

小晴在我還沒開口請求，竟然已經自己先幫起忙來，害我之前還不斷揣測該怎麼說服小晴發表文章，看來只是我白操心了。

「妳想張貼什麼內容？」我問著。

「嗯——」小晴想了一下。「我是已經打了一半，沒有很長，只是述說○○高中排球社，以前傳統的排球名校，最近收到來自○○高中學妹的求救信，希望大家能幫幫忙，讓校方重視一下這個面臨社團經營危機的傳統社團，至少也讓排球社能夠聘請空缺四年多的指導教練。」

「嗯——」我點點頭。「這樣的內容很好啊，我覺得很棒，一定能引起一堆宅男的熱烈迴響吧。」

「喔，竟然妳都覺得沒問題，那我等一下就PO文了喔。」

「這沒問題，我會等著，發現不適當的話再跟妳說。」

「哼，自己還不是一直守在電腦前，還敢說我——」小晴見縫插針反擊回來。

「好啦，我先掛電話了，希望真的能幫到學妹的忙，掰掰——」

「掰掰——」

在等待小晴發表文章的空檔，我再次確認從開站到現在小晴所發表過的文章。其實這些內容我這幾天已經細細研讀過，為的是〇〇高中排球社救助文章發表後，如果真的依照計畫利用名人名氣鬧上新聞，一定會引來真正的女星「小晴」學姐的注意，至少她的經紀人不可能就這麼輕易放過。

小晴的噗浪網站申請成立還不到一個月，其實她也沒有刻意隱瞞我多久，之前可以說是有些錯怪她了。而我這幾天也已經一一檢視過小晴的所有文章不會有觸犯法律的問題，畢竟文章中完全沒有提及自己就是女星「小晴」，而照片也是本人並沒有盜用，暱稱欄的小晴也沒有刻意捏造，只要真的去詢問周遭朋友都可以證明這本來就是她的綽號，必要時我也可以出面證明，這一切真要追究只能說是來訪者的那些粉絲團自己會錯意。

原本還很苦惱要把往後通盤計畫一一告訴小晴，好說服她在巧妙避開法律問題下，借用女星「小晴」的名氣來幫助〇〇高中排球社，想不到她竟然自己就先行動，真不知該說她熱心助人，還是神經大條，竟然都沒考慮過事情鬧大的後續處理。

繼續拉動噗浪網站的時間軸，小晴的最新文章出現了，內容和剛剛電話中相去不遠，並沒有留下任何會被認為「刻意」誤導人的文字。

一分鐘過去，我不斷按著網頁瀏覽器上方的重新整理，並沒有任何人的回應。三分鐘過去，竟然湧出了十篇回應，速度之快完全出乎我的意料之外，還真不知道有多少跟我一樣在電腦前等待小晴文章的人。

所幸，小晴文章中並沒有出現需要修改的文字部分，要不然在我打電話給她的同時，早就不知道被多少守候在電腦前的人看光了。

8

「真的鬧上新聞了耶——」手機傳來小晴略帶惶恐的聲音。

在小晴那篇噗浪文章發表後的第三天，由於回應人數與人氣累積破千，頻頻登上噗浪網站的熱門文章，一下就吸引了媒體的注目，紛紛以女星「小晴」搶救高中母校排球社為標題大肆報導。一些新聞記者在嗅到了話題性後，還特地跑去〇〇高中進行採訪，不過由於被擋在校外，只能利用放學時間訪問學生，看來還沒和排球社取得聯繫，但這也只是時間早晚的問題。

「嗯——」雖然這樣的情形和當初預估的相去不遠，針對後續也已經有了對應計畫，不過看著一條條新聞的斗大標題，感覺相當不真實，還是令人有些緊張，而我只能故作鎮定說著。「小晴，之後真正的女星『小晴』一定會出面澄清這不是她的噗浪網站，這會搏取更多新聞版面。媒體一定也會藉機訪問〇〇高中排球社的學妹，她們對學校的訴求也會浮上檯面，學校一定會承受不少壓力——」

「這——」小晴欲言又止。

我繼續開口：「後續那些事情必然會發生，都是時間早晚的問題，應該可以說我們的目的已經完成，現在就是要想辦法讓妳能夠全身而退。」

「什麼意思？」

「因為接下來女星『小晴』一定出面追究噗浪網站，但如果她對○○高中排球社還有感情，或是她為了自己偶像形象的公益行銷，不管是出於自願或是被迫，即使知道一開始是大家對噗浪網站的一場誤會，她都還是得被迫混入援救○○高中排球社的行列。如果她一再追究好意幫助○○高中排球社的噗浪網站，對她形象恐怕會造成負面效果，想必會適可而止。而後在她的引領下，媒體焦點應該是她如何利用她明星的光環，幫助發生困難的排球社學妹，不但能搏得連日的媒體版面，又能賺取公益形象，對她而言何樂而不為。而且至少最後底線，我已經逐筆檢視過妳的噗浪網站，在法律上都還站得住腳，完全沒有盜用，也沒有直接說明妳是那個女星，一切都是一連串的巧合。」

「隊長大人，經妳這麼一說，我是安心許多，不過——」小晴停頓了一會兒。「不過我最擔心的反而是妳——」

「我？為什麼？」我相當不解。

「因為現在已經鬧上媒體版面，之後○○高中排球社一定也會成為焦點，我怕，我怕妳以前高中的事會被挖出來——」

「嗯——」我遲疑了一下。「這個倒是不必擔心，正如妳之前說過的，我會想一頭栽進去幫助學妹，或許真的就是想彌補高中的那些不愉快吧。真的不用那麼顧慮，因為整件事我不會浮出檯面，只是對小晴妳比較不好意思——」

「唉，隊長大人，客氣什麼，只是舉手之勞——」小晴緩緩地說著。「不過，正如妳之前說的，畢業前應該幹點轟轟烈烈的事情，妳自己看，現在不都真的上新聞，難道還不夠勁暴嗎？搞不好我之後會非常感謝妳給我的這段難忘回憶。」

我與小晴的電話交談，最後在兩人的笑聲中結束。

——不過一切真的會如我計畫般那麼順利嗎？

小晴的顧慮，我也不是沒有想到，不過也都已經豁了出去，根本就不會再去顧忌五年前的醜聞。

那包壓封在書櫃的資料夾，這陣子已經反覆翻了幾次，其中一張全體社員在學校排球場的合照相片，更是讓人不勝噓唏。

——那是在發生那件不愉快事件之前最後的合照。

五年前〇〇高中原本兼任排球社教練的體育老師因為屆齡退休，由他還在就讀體院的學生來交棒接手。而那時交棒接手的體院學生即將從體院畢業，也幾乎篤定之後就要進入我們學校擔任專任體育老師，由於我們高中屬於女校，新接任的排球社教練年輕俊俏，一下就成為校園矚目的風雲人物。我因為那時還擔任社長，需要和那位教練時常接觸，一些其他社員和學妹們，不知道是不是本來就看不慣我，或是想故意整我，到處傳著我喜歡那名年輕教練的謠言，甚至到了最後，還故意跑去跟那名教練講說我暗戀他的事情，害我之後與那名老師見面時都非常尷尬。

直到有一天那名教練私底下約了我，我沒有多想，以為是要討論社團事務，尤其是下一屆幹部人選，不方便在公開場合討論，不疑有他，就和他出去。想不到這名年輕教練，竟然是在其他社員的聳動下，對我的暗戀謠言要做出回應。一開始他還算安份，想不到後來愈來愈過火，竟然多次對我做出毛手毛腳的輕浮舉動，讓我相當不舒服，也讓我見識到他斯文外表下的下流。在我多次撥掉他的手後，他變得有些惱怒，直言我不必害羞，他已經知道我的心意。我一時之間相當氣憤，也發現他此次邀約的目的，憤而想要當場離去，又被他一把抓住，情急之下，我只好賞了他一巴掌匆匆離去。

想不到之後在社團竟然傳出我告白被拒的謠言，想也知道非常可能是那名年輕教練的挾怨報復，而教練從那之後對我異常冷淡的態度，讓我有意無意間一直受到同儕和學妹的嘲笑，一怒之下乾脆跟大家一起玉石俱焚，我就把那天的事情告訴學校高層，控告那名年輕教練時常對我做出性騷擾的舉動。

在學期結束草草卸下社長職務後，我就此從排球社徹底消失。學校為了把事情壓下，一再吩咐我不准對外張揚，也不知道為什麼，後來這件性騷擾事件還短暫上過媒體版面。雖然最後可能在校方的努力下不了了之，想當然耳，那名年輕教練在之後的教師甄選，不出意料之外直接遭到淘汰。校方可能對於我沒有依照吩咐將事情壓下，讓學校名譽受損相當不滿，從那之後不但對時常在高中競賽中名列前茅的排球社削減補助經費，甚至也不再聘請教練，只剩下其他體育老師掛名，對社團來說受害甚重。

現在回想起來，當初確實有些不太成熟，對社團做出了這樣的傷害，雖然後果比我想像的還要嚴重，不過我也是出於無奈，才會將那名教練的事情說得比較誇大，但也不能算是完全空穴來風。以那名教練輕浮的行徑，或許也只是說出了未來可能發生的事實。

如果說從那之後○○高中排球社，沒有受到我那件不愉快回憶的影響，實在也說不過去，因此我才這麼在意這次來自學妹的求救。

現在搶救○○高中排球社的目標，可以說能做的部分已經完成，剩下的就看學妹的造化了。不可避免地，我想五年前不愉快的回憶，一定會被媒體挖出大肆報導，不過我已經做好心理準備。

9

又過了兩天，○○高中排球社社長「小櫻」開始出面接受媒體的文字採訪，希望校方能夠注重這個傳統社團，不要再放任這個社團自生自滅。但在此同時女星「小晴」透過經紀人表示，這兩星期趁著拍戲檔期空檔，私下與家人出國散心，想不到一回國就發現自己登上新聞版面，覺得相當驚訝。並透過經紀人出面否認那個噗浪網站並不是自己所有，並會再追究法律責任。不過發現高中母校學妹遭遇困難，一定會盡力幫忙，也期望校方能注重學妹們的請求。

小晴依照我的建議，在PO出那篇人氣回應破千的救助文章後，再也沒有發表新的文章。不出所料，神通廣大的媒體記者，一下就找到了那個噗浪網站的主人，並以電話訪問了小晴。

小晴按照計畫回應，表明並沒有盜用女星「小晴」的照片，一切都只是巧合與誤會，會出現〇〇高中的文章，主要是有〇〇高中排球社畢業的朋友，在發表那篇人氣破千的文章後，也發現很多人真的誤會小晴就是那名「女星」，不知所措下也只能將噗浪網站暫時擱置，不再做出任何新的回應，有必要的話也可以親自為這件風波登門道歉。

媒體在此同時也發現了小晴與女星「小晴」長相神似，非常具有話題性，幾家娛樂新聞記者更是直接以「小小晴」稱呼這名一夕爆紅的美女噗浪網站主人，也做了當面專訪。這下讓這名「小小晴」一下就成為這件風波的另一個矚目焦點。

自從「小小晴」浮出檯面後，連女星「小晴」也甚感興趣，經紀公司還特地辦了見面會，化解這場誤會，更讓擁有高學歷的「小小晴」人氣扶搖直上。最後在女星「小晴」與「小小晴」共同努力下，〇〇高中校方出面承諾在下個學期會幫排球社聘請教練，同時也會將排球社視為重點社團，務必讓〇〇高中重回排球聯賽的常勝軍。

最近常在電視上看到「小小晴」的新聞，就連我也曾被新聞媒體訪問過，訪談中也只能對外宣稱這件事確實巧合，想不到小晴把我跟她說過的高中往事，再加上幾星期前女星「小晴」也說過自己是〇〇高中畢業校友，讓許多人都誤以為小晴就是女星「小晴」，並在學妹留言求救後幫忙宣傳，想不到一篇噗浪文章竟然能發揮那麼大的效果，這也是始料未及的事。

已經有一陣子連絡不上小晴，或許真的是因為出名後非常繁忙，我也只能這麼想了。不過有天晚上竟然收到了小晴的ＭＳＮ訊息，連暱稱都已經換成「小小晴」。

小小晴：隊長大人還真感謝妳耶～～

我：妳隱身上線喔？

小小晴：對啊　現在的狀況真的不方便現身上線　手機也不方便開機 ><

我：我可以理解……但怎麼說感謝我啊？

小小晴：我要進軍演藝圈了耶 >___>

我：哈哈　這我知道啊　最近常在電視上看到妳啊

小小晴：我接到幾間廠商的廣告代言合約了 >___>

我：那真是恭喜妳了　之前也想找機會恭喜妳不但全身而退，還出了名！

小小晴：是啊！是啊！還好隊長大人當初有勸我畢業前做些瘋狂的事

我：看吧　早跟妳說過吧

小小晴：是啊　還真想不到會因此爆紅　之前還擔心會不會臭掉

我：妳想太多　我不都幫妳看過沒有法律問題　妳還有高學歷的加持

小小晴：唉唉　不跟妳聊了　雖然真的很繁忙，還是很感謝隊長大人妳了

我：好啦　不跟妳聊了　我也要下線了

小小晴：嗯　掰掰啦 >___>

我：好　掰掰

看著小晴突然爆紅，貌似也找到了畢業後的出路，真不知道該為她高興，還是該說有些羨慕。

不出所料，後續有幾家媒體對○○高中排球社作了完整的系列報導，我五年前的那件性騷擾風波，也被挖了出來。雖然並沒有指名道姓說出我的全名，不過只要是認識我的人，光看那個姓氏和社團大概也猜得出來是誰。

原本還不以為意，隔天另一則花邊新聞竟然開始追蹤起五年前的那段醜聞，也找到了那名被迫離開的體育老師。可想而知接受訪問的那名教練矢口否認當年有對女學生作出不當的舉動，不過也不否認那時確實還不夠成熟，在婉拒學生方面處理得不是很恰當，才會造成這樣的惡意中傷。當年也因為這樣的毀謗纏身，之後完全被教育界掃地出門，根本就無法再進入校園，事過境遷現在對這件事也已經能夠釋懷了。

報導看到這裡，我竟然全身發抖，當年的事實全貌雖然不像我向學校報告的那樣，但一些不願再回憶的事實，卻也被這名教練輕描淡寫下略過。繼續看下去更讓我震驚不已，後面報導出現了那名教練的近期照片，宣稱已經轉行在演藝圈擔任幕後工作，也算是闖出了另一片天。

雖然報導上的照片有些模糊，儘管已經過了五年，但那熟悉的身影再次出現眼前，還是讓人相當震撼。我實在不想再去回憶那件風波，更不可能出面澄清，但當事人竟然敢出面這樣接受訪問，我想外界恐怕也會認為他是清白的。

另一篇新聞還是繼續炒作女星「小晴」，不過是她這陣子私下與家人出國散心的圖文報導，還附上了她在國外旅遊時的幾張照片。而一旁又是最近火熱的「小小晴」，以極似女星「小晴」

的清新樣貌，並頂著高學歷的光環，一下就受到許多娛樂媒體的寵愛，更已經有幾家電視台和電影公司公開表示如果請不起「小晴」的話，可以考慮請「小小晴」來代打。

雖然事情好像有了圓滿的結束，甚至對「小小晴」來說，這是一個美好的開始，但不知道是否只是自己的多心，總覺得這一切好像在哪裡有些讓我不是很舒服的地方。

10

時序進入七月，已經和小晴完全沒有聯絡，○○高中排球社的新聞早就完全從媒體版面消失，剩下的只有人氣火熱的「小小晴」持續發燒，她的噗浪網站人氣更是高得嚇人，甚至讓人覺得受歡迎程度已經超越「小晴」，或許因為年紀上占有很大的優勢。

在看到一本著名娛樂雜誌以「一篇Plurk文救排球」為標題的大篇幅報導後，讓我整個人傻住。報導中完整記載了從小晴噗浪網站如何被人誤認到○○高中排球社學妹上網求救，小晴為幫助○○高中排球社在噗浪網站上發文，引起廣大迴響和鬧上新聞。之後女星「小晴」在回國後也與「小小晴」達成和解，共同為○○高中排球社發難的援救故事，一時之間也在網路上傳為美談。而形象清新的高材生「小小晴」也因為好意助人與一連串的巧合誤會下，誤打誤撞進了演藝圈。

報導一直到了這邊，始終沒有出現在幕後操盤的我，這也是我的期望，而故事的演進也和我當初設想的相差不遠，只是那時是沒想到「小小晴」會因此成為藝人。後半段的報導，竟然出現了女星「小晴」經紀人的專訪，看到雜誌上的照片，更是讓我嚇得瞠目結舌，竟然就是當年那個被學校趕走的體育老師，而且樣子看起來真像那天去找小櫻學妹在路上撞見的那名時髦男子。在訪談中，經紀人毫不諱言，承認他和○○高中真是擁有不解之緣，對於當年的誤解也已經風輕雲淡，現在已經專心投入演藝界的幕後工作，同時也擔任起「小小晴」的經紀人，未來一定會好好打造這對師姐妹的演藝生涯。

報導最後提到了電影公司為了幫助○○高中排球社，本來就打算拍攝一部以女子高中排球為背景，穿梭時空的愛情故事，將原本選定的拍攝場地取消，臨時改以○○高中做為拍攝場景，希望能在之後九月開學時引發○○高中的排球熱。並在劇本設定的要求下，會同時由「小晴」與「小小晴」分別飾演女主角的成年與高中時期。此外因為兩人都具備排球底子，飾演起來更是不必尋找替身，也會加強影片的流暢度，更何況樣貌相似的兩位女星飾演同一角色的不同時期，更是演藝圈難得一見的奇景，想要目睹兩人同台飆戲的粉絲，一定不能錯過。報導最後附上一張「小晴」與「小小晴」同時穿上○○高中排球社球衣與社長小櫻一同抱著同一顆排球的合照。

我闔上雜誌，靜靜躺在床上細細回想，這世界上的人與人之間，是否真的就是充滿巧合，彷彿冥冥之中就有註定。如果計畫中哪個環節出了差錯，結果想必也不會是現在這樣。更何況這天地之大，世界卻又是那麼狹小，小到幾乎相關人物都被這次的一篇小小文章全部串在一起，最後甚至又回歸到了救助○○高中排球社身上。

——原本我還是這麼想的，但回想更多細節後，才驚覺原來自己徹徹底底被騙了！

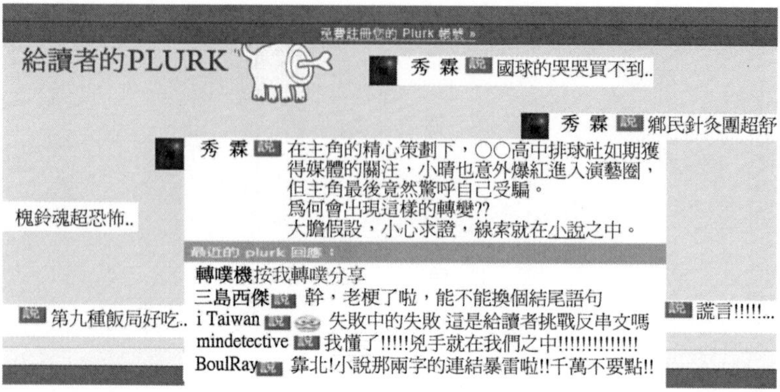

看著報導最後那張三人在○○高中排球場合照的相片，我才想起小晴之前在噗浪網站上PO過文章中所提到的排球場場景，述說了場邊的飲料販賣機，不過我以前在大學給她看過的高中相片，那時候明明還是一排樹木。況且三、四年前僅是那樣匆匆一瞥，就算聽我述說，怎麼可能把○○高中排球場的周圍細節記得那麼清楚。更何況就連我當初在看她文章時自己都一時忘記○○高中排球場以前沒有飲料販賣機，她的記性又怎麼可能比我還要清楚。這一切不正代表在這陣子，至少也是○○高中排球場改建後，小晴有去過○○高中。

不過和○○高中完全沒有淵源的她，又為何要去○○高中？

不僅如此，在我與小櫻學妹前往連鎖咖啡店的途中，遇到的那對男女，男的其實就是女星「小晴」的經紀人，也就是五年前性騷擾風波的那名體育老師，怪不得身影如此熟悉，而他身旁的那位女性，雖然在衣著的掩飾下，只能看出身影貌似小晴，但如果那名男性是經紀人，女的就應該是女星「小晴」。不過在這段時間，明明女星「小晴」就與家人在國外旅遊，當然也有可能只是放給媒體的假消息，不過相關報導都已經出現過大量的照片，可信度應當相當高，那名女性就不大可能會是女星「小晴」。

回想起那天下午後來和小晴通電話時，小晴說她因為太陽太大熱得要死，所以整天都待在宿舍。不過那天明明整天都是多雲的陰天，而且氣溫還算涼爽，會出現這樣的錯覺，不就是因為她那天外出時，在夏天全身包得緊緊的，又一直戴著遮陽帽和太陽眼鏡跟在我們後面，才會有「天氣很熱」而後推斷「太陽很大」的錯誤印象。

所以那天的那對男女，應該就是經紀人和小晴，兩人之間又是怎樣扯上關連？

這樣說來，那天的那個小櫻學妹更是奇怪，在陌生人的邀約下，也不會想確認一下對方的來歷，至少也應該再找幾個同學同行。也不能說完全沒有戒心，其實會比約定時間還晚二十分鐘，是因為她也和我一樣躲在一旁伺機觀察。後來會現身，是因為她已經發現對方是我，所以沒有危險。不過明明我和她素未謀面，她又是怎麼認識我？原因很明顯，因為小晴和她是同夥的一行人，見面前小櫻學妹在講的電話，恐怕就是小晴不知身在何處，已經發現我的蹤影，告知小櫻學妹沒有問題可以現身。

這麼說來，小晴和小櫻學妹根本至始至終都知道，那名寫信給小櫻學妹的中年男子就是我假扮的，竟然還和我演了那麼久的對手戲。

小櫻學妹一定是在收到中年大叔信件後，和小晴經過討論才作出要會面的決定。而會讓小櫻學妹出來，和這個透過中年大叔假帳號轉介的學姐見面，恐怕也是因為小晴懷疑那個人可能是我，畢竟時間點就在我慫恿小晴主動聯絡小櫻學妹的那個晚上，實在過於巧合。但她又無法完全確定，總是怕真的有另一個外人出現，容易壞了往後的計畫。

——想到這裡，我露出了無奈的苦笑。

我當初竟然如此大意，依照小晴的說法，如果小櫻學妹與我見面之前，就已經收到小晴寄去的回覆信，小櫻學妹在見面時應該會提到，甚至因為已經和「小晴」取得聯絡，根本就不用跟我見面。但如果是在我和小櫻學妹見過面以後，才收到信還是說不通，因為寄信時間還是會顯示在我和小櫻學妹見面之前。那天和小櫻學妹見面後我打去跟小晴確認事情的電話中，小晴說她的詢問信早就寄出，這樣小櫻學妹後來回覆我那中年大叔帳號的感謝信，卻像若無其事一般，一點也說不過去。很明顯，經紀人、小晴和小櫻學妹三個人根本就是同謀。

這也難怪當初在前往連鎖咖啡店的途中，小櫻學妹雖然也和我一起回頭，卻只能表現出若無其事的樣子，在共謀者的面前也只能作不認識，因為經紀人和小晴是跟在後面監視我們的行動。而那天小晴他們原本打算沿路跟蹤，不過因為剛好被我無意間回頭撞見，也就不敢繼續下去，之後更不敢隨意撥打電話給在我身旁的小櫻學妹了解狀況，也不知道我跟她的約會何時才會結束，只能等待小櫻學妹主動回報。不過在她們還沒機會套好說詞之前，我反而先撥了過去，情急之下小晴才會出現了自我矛盾的說詞。

然而三個人串在一起又有什麼關聯？

回想起那天作報告時，小晴展示噗浪網站的舉動，愈想愈是可疑。雖然好似只是為了向我炫耀，不斷瀏覽一篇篇文章和留言給我看，但明明每一篇的回應都有五、六十則，卻偏偏每一個展示的留言，選單都能恰好下拉到有小櫻學妹留言的那段回應，現在想想那根本不是巧合，擺明就是要讓我發現那段文字。

小晴的噗浪網站在事發的一個月前申請成立，而後女星「小晴」在一星期前接受訪問時透露自己打過排球，在這三星期的空檔中，小晴就又那麼剛好安插了那麼多篇關於〇〇高中排球的文章，就是為了讓更多人誤會。這一切不是巧合，根本就是預謀！星探可能在一個多月前甚至更早，就已經挖掘小晴這名可造之材，籌劃了這一連串的出道戲碼。

而小晴那時候能夠如此大膽PO出那麼引人誤會的文章，卻一點也不擔心會有法律疑義，除了確實因為內容模稜兩可外，根本就是因為已經和演藝公司共謀好，當然不用擔心。而且小晴的這個噗浪網站成立後，一定沒有通知任何熟人，尤其是任何可能戳破別人誤會的熟人，像是高中同學之類的，我可能是被她通知這個網站的唯一熟人。打從一開始不斷製造出來的人氣，或許根本就是演藝公司的工作人員。

——這一切原來都只是電影公司和演藝公司的宣傳手法。

再次翻開娛樂雜誌最後的那一段文字，排球電影就要開拍，還特意選擇在〇〇高中。小櫻學妹會和他們一同演出這場戲，動機相當簡單，就是為了〇〇高中排球社。不，或許是為了她自己將來升學推甄時能有更大的幫助，畢竟能在高中擔任社長又參加過電影的演出，也是一項相當難得的特殊經驗，甚至還有一舉成名的機會。

這一部原以為是在我精心策劃下導出的搶救○○高中排球社戲碼，搞了半天，原來自己也只是一個被蒙在鼓裡的棋子。為了讓「小小晴」這名演藝人員轟動登場，演藝公司和電影公司可是絞盡腦汁演出了這場長達數月的精采戲碼。

但是他們真的成功捧紅了形象清新的新偶像「小小晴」，也同時挽救了女星「小晴」逐漸下滑的人氣。電影公司更是名利雙收，到時候一旦電影上映，更有這段搶救○○高中排球社的故事可以炒作。能夠如此成功，當然最重要的關鍵人物就是五年前的那名體育老師，也只有他才能對○○高中那麼瞭若指掌，甚至還可以精準預測出我的反應行動。想想整部戲碼沒有我的演出或許也能順利完成，但為什麼一定要挑上我參了一腳？我想當年的性騷擾風波毀掉了體育老師的教師之路，他對我的恨恐怕不是簡簡單單就能消除。現在這件事又讓他曝光在新聞焦點，不但對五年前的醜聞大力否認，甚至向媒體宣稱一切都是我的個人問題，簡直是對我作出了狠狠的復仇。

想到這裡，我已經流下了眼淚，是悔恨，還是懊惱，似乎也不是那麼重要。應該也可以說是小晴會和經紀人聯合對我作出這樣的欺騙舉動，讓我傷心透頂，更氣的就是自己的愚蠢吧！

我拿出以前的社團通訊錄，找到女星「小晴」那屆的社長學姐，有一個想法一直想要確認。原以為號碼或許已經換過，我還是打了過去，想不到真的有了回音。

掛掉電話後，我又是一陣慘淡的苦笑，原來○○高中排球社重頭到尾根本就沒有女星「小晴」的存在，但為了之後的排球電影宣傳和這件搶救○○高中排球社的美談，女星「小晴」必須和○○高中排球社拉起強烈的連結，光是只靠○○高中畢業校友的關係會顯得過於薄弱。確實，女星「小晴」當初接受訪問，也只是說她在高中有打排球，這個說法相當模糊，畢竟高中的體育課本來就會安排排球。讓人誤會女星「小晴」是○○高中排球社的是小晴的噗浪網站，看來「小晴」和「小小晴」在演藝公司的安排下，還真是互相照應得如此完美。他們確實都沒有欺騙任何人，一切都只是大家自己的誤會罷了！

一想到被小晴這樣捉弄，我實在嚥不下這口氣，她竟然這樣利用了我，很想當著她的面戳破這一連串的謊言！

不過想也知道一定聯絡不上她，但我實在是心有不甘不斷重複撥打電話，想不到在第五次時竟然接通了。

「喂，小晴嗎？不，應該是小小晴——」我盡可能壓抑自己的怒氣。

「喔，隊長大人好久不見啊，真的好想妳喔！」小晴聲音依舊充滿活力。

「妳——」我一時氣結，實在也不知道該如何起頭，但突然改變了想法。「我只想跟妳確認一件事——」

「咦？」小晴顯得有些驚訝。「是、是什麼事？」

「我們以前打排球時，不都是互相助攻的好搭檔嗎？」

「喔，對啊——」

「當我作好球時，妳就會觀察狀況向敵人攻過去；當妳作好球給我時，我也會毫不猶豫殺向敵人，我們兩人的默契一直都相當好，甚至出現戰術外的狀況我們也可以隨機應變，應該說在隊上我跟妳配合得最好——」我手邊的那本娛樂雜誌被我反覆用力搓揉。

「是啊，我們默契真的不錯！」

「有時候我們要欺騙敵人，也會先欺騙自己的隊友，明明要殺球，卻裝出打小球的樣子，有時候連身為隊友的我都差點被騙，後方陣型都已經隨著改變。」

「是啊，隊長大人也常作出這種事，連我們都被騙了，當然敵人更是中計。」

「嗯，要欺騙敵人就是要先欺騙自己的人才會成功！」我重重地講了這句話，手中的雜誌已經被我捏得有些破損。

「這——」小晴突然無以回應。

兩人之間沉默了數秒。

「哈哈——」我假意笑了一下。「也沒什麼啦，只是突然回想起以前的一些往事。我只是想問一個問題——」

「嗯——」小晴小聲回應著。

「雖然我們已經畢業，以妳現在這樣如日中天的聲勢，以後應該也沒機會再一起打排球了。不過以後還有機會的話，如果我作球給妳，我想妳還是會繼續殺球，但同樣地，妳還會再作球給我進攻嗎？」

小晴停了幾秒，才又繼續開口：「會的。有機會的話，我還是會繼續作球給妳，我們本來就是不斷利用身邊人的助攻，才能勇往直前向前殺球——」

「呵呵——」我笑了，是真心的微笑。「我們還真是好搭擋，以後也是的。好啦，我的疑惑已經解答完畢，打擾妳這大忙人還真是我的罪過，掰掰了！」

小晴似乎還有話要說，但被我直接掛斷。

看著眼前那本被我揉爛的娛樂雜誌，我竟然笑了起來。

我不想直接搓破小晴的謊言，讓她那麼難堪，就像她最後說的一樣，我們本來就是不斷利用別人的助攻，才能為自己殺出一條血路。

她利用了我，但我何嘗在未來的路上不會利用到她呢？更何況她又已經是一個人氣指數破表的閃亮女星，以後能利用到的地方實在太多，沒必要為了這麼一點「小事」破壞我們之間的「關係」。

回想起來，這一路上被多少人利用過，也利用過多少人。五年前在〇〇高中排球社為了自保也何嘗不是這樣？之前為了援救〇〇高中排球社，雖然目的是出於善意，但在我的計畫中也不正是想利用「小晴」和「小小晴」？

已經離開校園，就要步入社會，或許這只是殘酷社會經驗的開端吧？

看著雜誌上那個已被我揉成一團的報導，最後那張「小晴」、「小小晴」與「小櫻學妹」的合照上，三人的笑容已變得扭曲變形，這三人之間的笑意之下不也存在著互相利用的三角關係。

再看看報導上「一篇Plurk文救排球」諷刺的標題，我竟然笑了出來。
——但我只能說這一切的鬧劇真的是「一篇Plurk文『救排球（台語：很難笑）』」！

（完）

桃花源之謎

不知道該說是因為本身就很喜歡中國古典詩詞及古典散文，才會選擇《考場現形記》這樣的創作題材，還是因為歷經將近十年歲月才完成《考場現形記》，這之間需要研讀許多歷史資料，並藉由反覆閱讀古典名作來揣摩古代士人的心境，這些過程或許更加深自己對古典文學的喜愛。雖然以目前的趨勢看來，國、高中的古文教材被廢除的聲浪愈來愈高，選材篇數也愈來愈少，自己一直都有關注擁護及廢除古文教材正反兩方的論辯。確實，對現代人而言，古文或詩詞在生活上似乎已經沒什麼必要性，不過個人覺得古文詩詞的精練，同樣的文句讀起來可以展現很多面向與不同解讀，書本上的後人註釋未必就是真正原意。而隨著年紀與體悟的不同，就像一場戲劇或音樂會，坐在不同位置觀賞，或如同樣的戲目、樂曲由不同人演出，會有著明顯不同的感觸，彷彿一道道可以反覆品嘗的美味佳餚，但，這純屬個人心得，畢竟每個人想法並不相同。

本篇小說架構在大家耳熟能詳的〈桃花源記〉，因為這篇晉朝陶淵明的名作，截至目前為止還屬於學生國文教材，在這樣較為普及的前提下，〈桃源劫〉的故事得以接續在〈桃花源記〉後創作。雖然在沒有〈桃花源記〉作為接續的情況下，〈桃源劫〉也是一篇完整的推理小說，不過若接續在原作之後，則會有另一種閱讀樂趣。唐朝詩人王維也曾以〈桃花源記〉的故事內容，轉化為優美的七言樂府〈桃源行〉。不過〈桃源行〉是以漁人的境遇轉為詩歌，而本篇〈桃源劫〉則是以漁人之子作為主角，逐步解開其父所遇的桃花源之謎。個人從以前就很喜愛古典文學及推理小說，雖然這兩種類型看起來很不相配，不過本篇小說的創作或可視為個人對兩者愛好的結合。以往總幻想著仿古文本格推理小說會是什麼樣子，在創作《考場現形記》時也有過這樣的創作構想，不過一直到完成《陰陽判官生死簿》後，才心血來潮完成這篇不到五千字的〈桃源劫〉，也算是一圓了多年以來的奇想幻夢。本篇小說並沒有對外正式發表過，因為是一篇個人圓夢的私藏小品，也是個人創作至今最喜愛的一部短篇推理，藉由這次的短篇集也一同分享給各位讀者朋友。不過閱讀本篇小說前，必須事先申明，因為作者不是古代人，所以本篇小說充其量只是個仿古文作品，亦即山寨古文，外表再怎麼努力仿製，內在是絕不可能達到古人文詞的優美境界，所以僅推薦給對山寨古文有興趣的讀者朋友，一同藉由漁人之子的抽絲剝繭來一解千古桃花源之謎。

桃花源記

晉　陶淵明

晉太元中，武陵人，捕魚為業，緣溪行，忘路之遠近，忽逢桃花林，夾岸數百步，中無雜樹，芳草鮮美，落英繽紛，漁人甚異之，復前行，欲窮其林，林盡水源，便得一山，山有小口，彷彿若有光，便捨船，從口入。

初極狹，纔通人，復行數十步，豁然開朗，土地平曠，屋舍儼然，有良田、美池、桑竹之屬，阡陌交通，雞犬相聞，其中往來種作，男女衣著，悉如外人，黃髮垂髫，並怡然自樂，見漁人，乃大驚，問所從來，具答之，便要還家，設酒、殺雞、做食。村中聞有此人，咸來問訊，自云：「先世避秦時亂，率妻子邑人來此絕境，不復出焉，遂與外人間隔。」問今是何世，乃不知有漢，無論魏晉。此人一一為具言所聞，皆歎惋，餘人各復沿至其家，皆出酒食，停數日辭去，此中人語云：「不足為外人道也。」

既出，得其船，便扶向路，處處誌之，及郡下，詣太守，說如此，太守即遣人隨其往，尋向所誌，遂迷不復得路。南陽劉子驥，高尚士也，聞之欣然規往，未果，尋病終，後遂無問津者。

桃源劫

夫天命難違，劫數難逃，若為天意，豈有謬巧，倘乃人謀，豈無瑕穢？

晉太元中武陵人，捕魚為業，偶入桃源境地，既出不復返，詣太守尋道而未果，失信於人。太守問其罪，乃下獄，漁人不服，遂自絕囹圄，背目含恨以終。

越明年，其子承父裘，緣溪行，忽逢桃花林，蓊蓊鬱鬱，綿延無盡。漁子幼棲廟寺，習字讀經，少遊四方，見廣多聞，明察細紋，好學強誌。觀景生情，遂憶父言，續前行，林盡水源，終得山口，曖曖含光，乃委身入內。初極狹，纔通人，洞暗穴黑，難見前路，定睛而視，方有一二。路有碎鈴，沿壁而繫，線穿繩繞，張網於地，隨步而響，細傳數里。

復行數十步，後洞漸開，別有天地。既出而望，四面環山，蒼翠欲滴，土地平曠，屋舍儼然，桑田池竹，雜然林立，不為桃源之境而為何哉？然漁子甚異之，非驚於奇境，蓋其景雖乃父所言，卻不見桃源之民。阡陌交通，空無一物，風起葉落，窗搖門晃，宛入無人之地。

已而，人影漸密從遠方來，黃髮垂髫，扶老攜幼而至，男女衣著，悉如外人。見漁子而大驚，環伺簇擁，喜曰：「君從何處來？」漁子具告之。

待眾漸散，雞犬聲聞，農漁往來，門洞戶開，生氣勃勃，一別前景。眾要還家，盛情難卻，自云：「先世避秦時亂，率妻子邑人來此絕境，不復出焉，遂與外人間隔。」村人不知今是何夕，亦不知漢魏晉。

漁子惑此言，蓋若其父之語為真，前已盡告當世，豈有不知今朝之理。遠眺而望，農漁樂而歌之，歌曰：「對酒當歌，人生幾何？譬如朝露，去日苦多。慨當以慷，憂思難忘，何以解憂，惟有杜康。」

聲遠而近，前者乎，後者應，繞耳不絕，不知憂為何物矣。

然漁子雖身入佳境，困於父罪之憾，心有所惑，悄然而問父事。村人或驚或疑，反問其故，漁子娓然細說，眾皆嘆惋。

村人或有嘆曰：「吾等與世無爭，功利名祿棄如敝屣，此境不足為外人道也。他日若出此，切毋忘諄諄之誡也。」

漁子戚然，仰視浮雲遠思，已而嘆曰：「先父尚且蒙冤含恨以終，既已失信太守，豈有希冀而存幻焉？然先父前已至此，僅二、三年之事，曷以如今無人識得？其言信然耶？夢語耶？然則信之且有疑，不信則無孝，其間之憾，迄今多年亦難忘懷。今偶入此佳境，乃知先父之語非偽，實則含冤歿世，其心之悲，人子痛矣。本欲尋人出境平反，奈何君等無此之意，況乎又無先父之跡？如此則先父之言又非實矣。」

眾無以應，左右相覷，後一人挺身斂容曰：「君既有言，秦後有漢，漢續為魏，魏歿則晉，烽火連綿，干戈不止，既有先祖避秦世亂，豈無他族歸隱山居？武陵之地，蓋林谿交錯之境，深林隱逸，或枕流、或漱石，豈又吾等之獨耳？」

漁子仰天而嘆，雖未盡信，然憾亦稀矣，乃寬心解意，同赴盛宴，酣而忘歸。

是夜星空遼闊，非境外所見之清，漁子應村人之情而寢於陋室。感先父之屈而輾轉未眠，遂步於中庭。庭外冷落，寂然無聲。忽有微光見於遠方，明滅交錯不能自止。漁子遂憶白日村人之語而疑，欲躡足而前視，然未至中段，則有村人旁道驟現，驚曰：「君有病容乎？身寒乎？欲食乎？」

漁子初惶而後定，蓋所見乃一老嫗，雖拄杖而立，然其行之速似非跛人，其舉足形態實如壯者，漁子雖疑，仍淡然曰：「此辰良景，非外所有，豈可虛度？古之秉燭遊也。」

原欲尋光續前而進，然老嫗趨前而立，旁又有影而出，驟曰：「不可再進！」蓋一壯者倏出橫攔，漁子惑曰：「何為其然也？前之微光又為何也？」

壯者曰：「前乃此地神祇之禁，不可入也。」

見壯者目光炯然，抑憤掩怒，然其身後源火之處，時有撞聲，點點而出，律而不墜，錚然入耳，似有蹊翹，不欲人知也。

俄而，村民四、五人陸續至也，見眾勢不可逆，漁子雖有不甘，僅勉然曰：「諾！」

復歸陋室，眾人散也，然所見更疑，漁子輾轉不得安歇。

待天明之時，漁子終夜未眠，見晨曦流光漸顯，遂伏身攀縫仰望。曙光臨地，始見外有四、五人緣屋盤桓，偶駐足內望，雖圖無的漫行，然所欲之心，昭然若揭。

漁子佯而不知，頹然出屋，眾驚而後定，皆稱日安，繼而四散而行，恍若無事。

待日漸明，見阡陌往來空空如也，除前四散身影，別無他人，如初至此境之景，望而生疑。

遠眺前夜源火，既已日明，放眼可視，蓋洞窟數也。

見前已無人，機不可錯，漁子乃趨步前行，欲圖一解昨夜之惑也。步之愈深，則其景愈疑，而其見愈奇。眾窟其一狀似桃源入口，暗中帶明，彷彿若有光，繼而明滅交替，似有物晃而影動，又恍聞馬嘶之聲自內而來，然因聲弱音微，難辨其真偽也。而餘洞黯然，惟日光餘落，乍見兵形之物，非農漁之器，蓋狀若干戈者也，且其數不為少者，井然臚列於內，而旁有半形瑕品零散於地，似其漫待鑄者來也。

漁子正欲前行確形視物，忽感有影隨身漸近，料非老嫗則為壯者，其來由也心肚明，乃緩步慢行，似若無知，既而回身反踱，蓋昨之壯者也。

壯者反制於人，瞠目而驚。漁子故弄善容笑曰：「君莫愁也，前為禁地，吾知之也。既為神祇之境，吾亦不當生擾，僅此遠觀而不近褻也。然見君如此堅守，莫非神職之所在耶？」

壯者不語，然觀其容似已展其心。

已而復見老嫗拄杖現身旁道，似壯者之責為眾窟之衛者也。老嫗病容緩步，一夜之隔，竟又復其不良之行。其容貌白日審之，更不見其龍鍾老態，似為少婦所佯者。老嫗悄然而近，本欲有言，然漁子未待其語已然返離。抬首復視，但見往來交通，農種漁捕，寒暄熱鬧，大別響空前虛。

漁子之疑，不可輕解，此境之民，必有暗詭，然苦於不識其貌，僅可依情而行事。

村人見漁子來，皆熱絡相迎，笑問昨夜冷暖，另有人家相邀作客。漁子順乎情而應於民，乃得山野佳餚之宴也。漁子既已生疑，席間旁觀側察，暗詢巧問，然皆未可得也。

杯盤既罄，漁子欲別，然村人未盡其情，乃攜漁子同遊桃源之境，良田、綠溪、美竹一覽無遺，農漁豐物，自給足矣，然始終未可近觀於禁地也。

已而，夕陽在山，眾人雖樂，形漸疲也。漁子乃整囊欲辭，村人不復拒也，遂由二、三人舉炷入穴送行。

入洞前行，復聞細鈴隨步搖響。因燭火之光，洞為之明，始見地有碎穀、車痕、馬蹄之屬者，交錯覆疊，皆非入時暗方所能察也。然其馬蹄之跡，間於兩輪之痕，而兩痕之距，幾僅一人之寬，非境外輪具所可見者，謂為奇景也。

繼而前行，路漸隈隩，臨口而別，其一村人正襟斂容曰：「此境不足為外人道也。」

漁子遲而未應，惟見村人舉火返離，洞漸黯然，終不復見其形也。

既出尋其船，漁子扶向路，處處誌之。心有所惑，不見其明，返家記事，然其遇未語一人，煩悶數日，忽得太守之召而赴其令。

太守厲顏曰：「汝謂與汝父同遇而遊於桃源之境耶？路皆有此之語，其信然耶？」

漁子瞠目，抬首而望，見太守乃一福態之中年者，前未識見，然靜觀其容實非陌者，此異之怪亦難名也。

已而，漁子復憶其容，貌似桃源民其一者，繼而穿線結索，若有所悟，始解數日之惑也。

漁子曰：「其信然也，然亦有所不真之處也。」

太守曰：「何出此言？」

漁子具告所見，而太守細聽之，待漁子言畢而怒曰：「汝父既已失信於人，曷以如此不識輕重，亟欲同步後塵哉？」

漁子不為所懾，僅淡然曰：「桃源之境，實則有此之地，然其住民非先秦之遺民也。」

太守曰：「且聞其詳。」

漁子曰：「『對酒當歌，人生幾何，譬如朝露，去日苦多』，此不亦曹孟德之詩乎？桃源之民既避先秦時亂，久不鄰外世，不知有漢，無論魏晉，豈可越朝穿代而知曹魏之詩乎？東周之際，韓趙魏分晉，然戰國之魏，非曹氏之魏，而春秋之晉，亦非當今之晉也。蓋此境之民，欲佯先秦遺民，然曹冠秦戴，謬孟德之詩而未知之也，繼而口耳相傳，經久誤為先周之詩經者，若非幼時讀經誦詩，亦未嘗可知其漏也。」

太守撫鬚而頷，其後又曰：「若此境之民實非秦遺，然其所圖何也？」

漁子曰：「此境若與外界間隔，必倚自給農漁之物，白米、香雞、肥魚皆始於內，然其入穴之處，張網繫鈴，似非獨遺之境。其物既已自足，又與外界絕斷，曷以具此聯外之道耶？其穴車痕間細，蓋入口極狹纔通一人，往來輪具必得細作，故馬蹄輪跡如此見也，而其碎穀實為糧馱之遺者。然其農漁自給有餘，外運尚且不足，既已閉隱，曷以糧送於外？此又不通之論也。」

太守未語，略顯焦容，漁子續曰：「其獸馱運者，乃糧送於內，既已食足，曷謀此舉？蓋其住民，非僅所可見者，禁地之後又有居人，且其數之眾必遠前者。」

漁子本欲續言，然太守忽舉勢而屏左右，待左右皆去，太守始曰：「今無雜人在側，汝可暢所欲言也。」

觀太守之奇舉，漁子有所領略，繼而頷首曰：「初至桃源之境，寂然空靜，如入無人之地，其信然也。蓋桃源之境乃禁地之前哨者，僅留數人輪守於此。其入穴之處，結繩繫鈴，乃外人擅入之戒哨耳。鈴響之際，守人既察，必報餘者，而赴禁地傳於他人。然禁地之民，易裝整容須其時也，故零丁守者，先其熱情環擁外人，待禁地之民各司其職，農種漁捕，阡陌交通，往來熱鬧，則外人或可不察其間之異也。」

太守皆目曰：「如此周章所為何也？」

漁子曰：「是夜所見源火，蓋鑄兵之窟也，故其擊鐵之聲錚然而律。日間視兵形之物暗藏於穴，且其數不為少者。既為世外桃源，豈有干戈相見之事哉？禁地之洞，隱然有光，又聞馬嘶鳴音，而武陵之地，林谿交錯，焉知其穴之後不為他界者哉？既有兵器於前，又聞馬聲於後，其穴後之地實乃兵家練軍之所。前朝有八王之亂者，諸王擁兵自重，交相殘殺，武陵祕境，私養駐軍，亦非不可得也。既有私軍駐此，其糧送於內則可通也。然先父誤入私軍祕地，桃源守民合力誆之，其為前朝遺軍者，衣著有異當今之世，而先父不識，又自謂其為先秦遺民者，則孰可疑之？先父既出沿路作誌，然守民後出境去之，亦不復知其道也。此且事小，致先父失信者，另有他人。」

見漁子不語，太守急曰：「且為何人？」

漁子正襟曰：「先父離境返郡而詣太守，而太守即遣人隨其尋道，然所伴者實為桃源守民，故先父之誌雖奪，欲窮林水而尋山口，亦非不可行也。然隨行守民既知其處，而桃林廣闊，故弄迂迴，終不復得其道也。今者亦復如是，僕於桃源之境，既已宴畢，本欲辭也，然其守民拒之，攜僕漫行，待日將盡，方有別意，所為何者？蓋若於天明之時，僕即返離，沿路所誌，雖可去之，然若僕於返郡之初即率眾而至，則其祕境危矣。故於明暗交錯之際始縱僕而歸，既已日盡，僕必尋船急歸，雖欲返此，必也天明之事。此境駐軍糧草既足，其通人狹口封道數日亦非難事，如此可保其境不外見也。」

太守目光如炬，拍案怒曰：「汝言不可輕信矣！蓋其民如此故弄所由何也？」

漁子曰：「先父偶入其境而出，詣太守尋道未果，失信於人，乃下罪入獄，其自絕耶？遇害者耶？今者僕亦入此，出境若語於人，其守民既已去誌封道，終不復得其路，則僕必將自求毀名，同步先父之途，繼而身陷囹圄，含冤以歿。然其民如此大費虛實所圖何者？蓋其所欲乃使誤入者出，語其奇遇，而又不復其道，失信喪譽，獲罪入獄而終，而其後誤入者亦復如是，如此二、三人之後皆毀名枉死，則世皆視此畏途，稱其乃奸魔邪妖之術，入幻境則必招禍惹害，如此桃源之劫，眾必驅而遠也，縱有偶入者，亦不敢揚聲，終可保此境之祕不洩也。然其內雖有守民，於外必有應者，如此裡應外合，其計方可巧施無虞也。」

太守慘然欲語，然漁子反其先曰：「僕性察細紋，所見之物常能強誌，雖未識太守於前，然先遇於桃源之境，衣不同而形亦有異，惟仍可辨得太守也。僕前所謂太守之言有其不真之處，蓋此番入境而出，已然數日，料僕必將奇遇具告他者，所以道傳途遞，流於郡也。惟僕未語一人，又曷以肆言生謠？然太守知之也。蓋太守或有前朝親王遺訓，世守此境之祕，所以為外合者，堅守外郡不擾其境也。桃源之境或有前朝遺王之後，養兵待出，欲奪江山，南面稱帝，然今秦賊苻堅據北望南，統軍欲下，若桃源祕軍於此興兵，雖可復一面之國，然內憂外患交興，則晉室危矣，胡虜逐鹿，則吾等將披髮左衽矣。」

良久，太守欣然下案，扶漁子曰：「卿明察秋毫，可謂良相之才，若薦於明主，則他日必可封侯拜相，且隨吾入境見主。不然以卿之才智，若不事於明主，則今日必有桃源之劫也！」

漁子悄然未語，已而笑曰：「即遇桃源之劫，僕已詳記所聞，臨行密封，託於可信之人，見僕未歸，則他日必有洗冤者。」

後漁子舉家隱沒，門清戶正，未遭賊盜之襲，然鄰皆不知其所之，而官亦無所用心也。其入境拜相耶？逢桃源之劫耶？無人可知其實也。

南陽劉子驥，高尚士也，後聞漁父之事，欲求桃源之境，欣然規往，未果，尋病終，後遂無問津者。

（完）

〈後記〉

在《陰陽判官生死簿》出版後，責任編輯齊安建議我可以整理過去創作的短篇小說出版短篇集。不過我心中有個很大的疑惑，看過其他作家出版的推理短篇集，不是主題連貫，就是同一系列偵探的短篇集，而回顧自己過去寫過的推理短篇，幾乎都沒有一致性主題，題材和風格更可說是相當發散，所以也一直沒想過可以出版短篇集。在我提出疑問後，齊安只對我說儘管投稿過來，他們會想辦法包裝出版。在此感謝責任編輯齊安的這句話，才讓這本短篇集能夠跨出出版的第一步。

在整理各篇小說的過程中，彷彿又重新經歷了這十多年來創作歷程的點點滴滴。從一個深感一萬字小說寫來氣喘如牛的小小創作者，因為與「台灣推理作家協會」結下不解之緣，前前後後共歷經了第三、四、五、六屆的參賽，也逐漸跨越三萬字、五萬字、十萬字到後來超過十五萬字的單篇創作出版，這是一個跌倒爬起又默默開墾的平凡寫作者，一步一腳印持續向前的努力歷程。這本書依照自己創作年表，收錄了歷屆參賽作品，原本就沒有刻意怎麼安排，很直覺選了這幾篇對自己具有特殊創作回憶的短篇小說，但在整理各篇小說的解說時，自己才突然驚覺整本書其實暗藏著一個極度可怕的連貫主題，那就是，這幾乎可說是一本作者的「損龜合集」。天底下竟有作者可以出版歷屆徵文獎損龜作品，不知道是否又締造了另一個推理小說界的恐怖傳說。呃，不，其實這本書應該也沒那麼糟，各篇除〈桃源劫〉外，嚴格說來其他四篇都是入圍各屆徵文獎的決選作品，算來也是各屆比賽第二名或第三名的小說，至少也該有一定的水準才是。

親愛的讀者朋友，可別被這本書的隱藏主題「損龜」給嚇到了，當初其實沒有刻意這麼安排，但無意間發現「損龜」似乎可以成為整本書的串聯主軸後，想來也算是一種很有趣的主題。在二〇一四年金車文教基金會校園推理的最後一場講座，我直接以「貢龜不可怕，貢了若龜才是可惜」為演講主題，毫不避諱把自己的「損龜傳說」分享給所有聽眾朋友。藝術創作的瓶頸總是需要慢慢突破，難免會有跌倒和沮喪的時候，持之以恆的「續航力」才是最重要的關鍵。自己從以前就沒想過會踏上創作小說的漫長旅程，更何況是走到出版小說這個當初認為遙不可及的神秘國度。一路上靠著慢慢累積、慢慢前進，還有協會成員與讀者朋友的指教、鼓勵，再加上耐心等待機運，最後就是不怕「損龜」的傻勁，「損龜魔咒」後來總算在《考場現形記》獲選國立台灣文學館文學好書後破除。即使現在的寫作時間比以前少了許多，未來還是會持續努力創作，期許帶給讀者朋友更多不同的閱讀體驗。也希望藉由自己這十多年來的創作歷程與這本主題罕見的短篇合輯，勉勵有志踏入創作領域的後進晚輩，跌倒並不可怕，就此趴地不起才是可惜。只要持之以恆，不輕言放棄，未來都有無限可能的各項傳說，等待努力不懈的創作者來締造。

秀霖

要推理40　PG1674

要有光 FIAT LUX　**桃花源之謎**

作　　者　秀　霖
責任編輯　喬齊安
圖文排版　周妤靜
封面設計　楊廣榕

出版策劃　要有光
製作發行　秀威資訊科技股份有限公司
114 台北市內湖區瑞光路76巷65號1樓
電話：+886-2-2796-3638　傳真：+886-2-2796-1377
服務信箱：service@showwe.com.tw
http://www.showwe.com.tw
郵政劃撥　19563868　戶名：秀威資訊科技股份有限公司
展售門市　國家書店【松江門市】
104 台北市中山區松江路209號1樓
電話：+886-2-2518-0207　傳真：+886-2-2518-0778
網路訂購　秀威網路書店：http://www.bodbooks.com.tw
國家網路書店：http://www.govbooks.com.tw
法律顧問　毛國樑　律師
總 經 銷　易可數位行銷股份有限公司
地址：231新北市新店區寶橋路235巷6弄3號5樓
電話：+886-2-8911-0825　傳真：+886-2-8911-0801
e-mail：book-info@ecorebooks.com
易可部落格：http://ecorebooks.pixnet.net/blog

出版日期　2017年8月　BOD一版
定　　價　270元

Printed in Taiwan

國家圖書館出版品預行編目

桃花源之謎 / 秀霖著. -- 一版. -- 臺北市 : 要有光, 2017.08

面； 公分. -- (要推理 ; 40)

BOD版

ISBN 978-986-94954-4-8(平裝)

857.81 106010667

讀者回函卡

感謝您購買本書，為提升服務品質，請填妥以下資料，將讀者回函卡直接寄回或傳真本公司，收到您的寶貴意見後，我們會收藏記錄及檢討，謝謝！如您需要了解本公司最新出版書目、購書優惠或企劃活動，歡迎您上網查詢或下載相關資料：http:// www.showwe.com.tw

您購買的書名：________________

出生日期：________年________月________日

學歷：□高中（含）以下　□大專　□研究所（含）以上

職業：□製造業　□金融業　□資訊業　□軍警　□傳播業　□自由業

□服務業　□公務員　□教職　□學生　□家管　□其它____

購書地點：□網路書店　□實體書店　□書展　□郵購　□贈閱　□其他

您從何得知本書的消息？

□網路書店　□實體書店　□網路搜尋　□電子報　□書訊　□雜誌

□傳播媒體　□親友推薦　□網站推薦　□部落格　□其他________

您對本書的評價：（請填代號　1.非常滿意　2.滿意　3.尚可　4.再改進）

封面設計____　版面編排____　內容____　文／譯筆____　價格____

讀完書後您覺得：

□很有收穫　□有收穫　□收穫不多　□沒收穫

對我們的建議：________________

____

____

____

請貼
郵票

11466
台北市內湖區瑞光路 76 巷 65 號 1 樓

秀威資訊科技股份有限公司 收

BOD 數位出版事業部

(請沿線對折寄回,謝謝!)

姓　名:________________ 年齡:________ 性別:□女　□男

郵遞區號:□□□□□

地　址:________________________________

聯絡電話:(日) ________________ (夜) ________________

E-mail:________________________________